KB273009

오렌지 기하학

함기석 시집

문학동네시인선 022 함기석

# 오렌지 기하학

# 시인의 말

코호곡선 해안을 걷고 있다
벼랑 끝 하늘로 물고기들은 헤엄쳐 오르고
죽은 자들의 숨이고 육체였던 저 투명한 대기 속에서
빛이 제 눈을 검게 태우고 있다
제로(0)인 너와
제로(0)인 내가 만나
무한($\infty$)이 되었다가 더 큰 제로(0)로 되돌아가는
아름답고 비정한 원(Circle)의 우주
그것이 그대로 삶이고 죽음이고 사랑인 시
세계는
제로(0)와 무한($\infty$) 사이에서 녹고 있는 눈사람(8)
자신의 부재를 자신의 몸 전체로 목격하고 기억하기 위해
눈동자부터 녹아내리는
진행형 물질
우린, 죽음으로부터 같은 거리에 있는
점들의 집합

2012년 6월
함기석

# 차례

## 오렌지 기하학

야옹 야옹 비가 내린다
인간의 뇌혈관 실핏줄 같은 비
비의 발톱이 정원을 쥐새끼처럼 찢어놓는다
나는 3층 2층 1층 0층을 차례로 올라가
공중의 지하실에 도착한다
거기서 비의 공격성이
인체와 정신에 미치는 충격을 수량화한다
시 대신 기하학 문제를 풀며 오렌지랑 논다
3차원의 내가 1차원의 나를 초대해
2차원 마을에 사는 나를 찾아가는 상상을 한다
상상은 피로 물든 백지와 함께 나를 찾아온다
나는 눈을 감고 귀를 막는다
그래도 야옹 야옹 비가 내린다 오렌지는 웃고
기하학은 기하학을 살해한다

# 망막에 작도되는 피의 음계

누구의 심장일까
밤하늘을 떠가는 저 피아노
건반에 붙어 달빛 소나타를 연주하는
두 개의 손

꽃이 제 입으로 빨간 발을 내밀 때
심장을 중심으로
지름 25시간인 원을 그리며
나는 새

두 발의 보폭이 무한인
낱말 컴퍼스
우주에 누가 작도한 핏방울 점일까
지구는

떠도는 악보들 행성들
꽃이 항문으로 하얀 혀를 내밀 때
음표 밑에 붙어 끝끝내 떨어지지 않는
까만 눈동자

## 오일러 공항

　빗길에 귀가 떨어져 있다 함수고양이 f가 물고 지하도로
도주한다 뒤쫓아 내려가자 기하도시가 나온다 오일러 공항
이 나온다 어둠 속에서 9미터도 넘는 혀들이 흐늘거린다 활
주로를 따라 흰 이빨들이 촘촘히 박혀 있다 바닥엔 흑백 도
형들이 격자무늬로 그려져 있고 공중으로 수학기호 까마귀
들이 날아다닌다

　하늘에서 무인 우주선 시그마 $\Sigma$ 가 끈적끈적 침을 떨어뜨
리기 시작한다 격납고 뒤에서 아라비아 군복 차림의 무리
수 병사들이 총을 들고 뛰어온다 나는 황급히 관제탑 아래
로 몸을 숨긴다 한 여자 수학교수가 다가와 속삭인다 저도
40년 전 이 공항으로 유인되어 지금까지 쫓기고 있어요 여
교수는 공항의 비밀 지도를 보여주고 권총을 꺼내준다 나
는 지도를 품에 넣고 뒤쫓는 병사들을 향해 총을 발사한다

　방아쇠를 당기는 순간 권총은 올빼미가 되어 내 눈을 할
퀴고 구름 속으로 날아간다 광대뼈를 타고 핏물이 꿈처럼
흐른다 하늘엔 주황색 이십면체 달, 공중에서 떨어지는 침
에 나의 머리가 조금씩 녹는다 여교수는 어디론가 사라졌
고 그녀의 울음 섞인 까마귀 소리만 환청으로 울린다 그사
이 원점 격납고에서 야간 정찰 비행기 X, Y, Z가 나와 각각
직각으로 날아간다

나는 관제탑 아래 숨어 나의 위치를 살핀다 좌표 (1966,
8, 21) 지점의 철제 계단에 탄약 상자가 놓여 있다 뚜껑을
열자 잃어버린 귀가 나온다 누에처럼 생긴 빨간 털로 뒤덮
인 이야기벌레들이 우글우글 달라붙어 알을 까고 있다 내가
비명을 지르며 상자를 던지자 병사들이 군견을 몰고 달려온
다 나를 사로잡아 Sudoku 감옥에 가둔다 감옥은 커졌다 작
아졌다 움직이며 이상한 웃음소리를 낸다

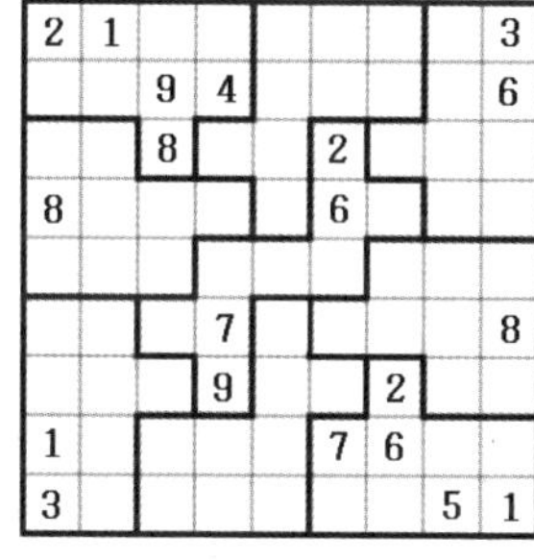

내가 천장과 바닥의 사각형 그림을 쳐다보는데 눈이 파
란 소수병사 13이 말한다 각각의 그림 조각마다 1부터 9까
지의 숫자로 채워라 가로줄 세로줄 모두 겹치는 숫자가 없
어야 한다 답이 틀릴 때마다 감옥은 1mm씩 좁아질 것이고
1mm씩 물이 차오를 것이다 나는 깊게 숨을 내뱉고 내 죽
음의 방을 둘러본다 유리벽 밖 달은 점점 색깔이 짙어지며
커지고 부화한 새끼 이야기벌레들이 밤하늘을 날며 새 실
을 짜고 있다

제목 1. 사물 ㄱ과 ㄴ으로 분해된 ㅁ

제목 2. 의자에서 태아의 형상으로 꿈꾸는 피보나치
달팽이

제목 3. 제로의 수렴과 코스모스 비례

제목 4. 나선을 따라 확장되는 사각형들의 무한집합

제목 5. 파괴된 눈동자

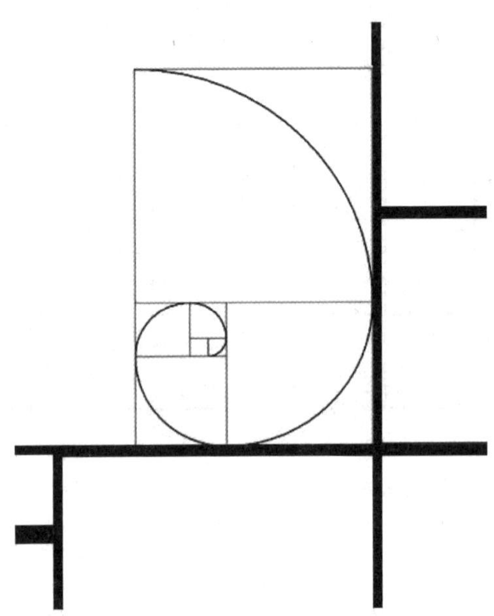

# 투명한 식사

이것 ☞  이것은 무엇인가
(  ) ☞  이것은 (  )이고 ☞이고 이것이다
사과 ☞  이것은 피아노다
　　☞  이것은 왜 빨간 장갑을 끼고 꽃을 연주하는가


　　☞  이것은 사라진 꽃병이다
꽃병 ☞  이것은 손목이 잘린 왼손이다
구름 ☞  이것은 접시 위에 놓여 있다
시계 ☞  이것은 백포도주와 함께 먹는 것이 좋다
　　☞  이것은 투명한 포크다 나이프다


없다 ☞  이것은 있다
(  ) ☞  이것은 투명한 눈을 뜨고 정면을 바라본다
　　☞  이것을 먹는다
지금 ☞  이것은 사라진다

## 변이


　검은 뿔이 난 짐승 릴케가 죽어가며 흘린 피에서 암녹색
벌레가 꼬물꼬물 기어나왔다 배에 검정과 노랑 줄이 그어진
송충이처럼 밤은 털이 촘촘했고 나는 맨발로 벌레를 밟아
뭉갰다 그 순간 발바닥이 전기에 감전되는 것처럼 눈이 내
렸다 눈은 등비수열처럼 늘어났다


　벌레는 죽지 않고 마룻바닥의 구멍 속으로 도망쳤다 구멍
은 일곱 살 때 처음 본 여자애의 항문처럼 쪼글쪼글했고 열
쇠 냄새가 났다 바닥에 엎드려 구멍 안을 보았다 혀들이 뱀
처럼 엉켜 자고 있었다 낮 동안 벌레는 구멍 속에서 자고 내
가 잠들면 돌아다니며 먹이를 먹었다


　가끔 꿈에 벌레가 기이한 팔면체 새가 되어 나타났다 새
는 눈에서 흘러나오는 야광 액체를 뿌리며 빠르게 날아다녔
다 새가 앉은 나무마다 암녹색 피가 묻었고 이파리는 연기
를 내며 녹았다 새가 공중을 날아다니다 내 머리에 앉으면
밤은 비명을 지르며 눈을 떴다


　수평비가 내리던 여름 저녁이었다 비에서 계란 썩는 냄
새가 진동했다 머리부터 발끝까지 흠뻑 젖은 채 미로의 숲
을 돌고 돌아 검은 눈이 달린 집에 도착했다 거실에 한 여
자가 서 있었다 누구냐고 묻자 천장을 가리키고는 욕실로
들어갔다 천장엔 아메바처럼 내 꿈의 지도가 핏물로 그려

져 있었다

 욕실을 엿보았다 여자의 목덜미 뒤에 일곱 개의 북두칠성 점과 시어핀스키 삼각형 문신이 보였다 유방엔 짐승에게 물린 잇자국이 튤립 꽃무늬로 남아 있었다 어깨와 등은 거칠고 딱딱한 나무껍질로 뒤덮여 있었고 엉덩이엔 아직 벗지 못한 벌레의 껍질이 덕지덕지 붙어 있었다

 소름이 돋았다 난 초조하게 소파에서 몸을 웅크렸다 여자가 목욕을 마치고 나왔다 흰 가운을 걸친 채 밝은 얼굴로 웃었다 수건으로 젖은 머리를 말리며 휘파람을 불었다 그러자 숲에서 무채색 날개의 파란 벌레들이 날아들기 시작했다 창문에 붙어 윙윙거리는 소리가 점점 커졌다

 여자는 젖은 가운을 바닥에 떨어뜨리고 서재로 들어갔다 유리 깨지는 소리가 났다 난 얼른 서재로 가 스위치를 켰다 벽시계 아래 여자가 쓰러져 있었다 시곗바늘에 찔린 여자의 등 구멍에서 피가 흘렀고 삼각형의 내부에 증식하는 삼각형의 내부에서 파란 털이 촘촘한 벌레들이 기어나오고 있었다

 벌레들은 여자의 손을 타고 여자의 몸을 빠르게 기어다녔다 그런데도 여자는 놀라지 않고 웃으며 벌레들을 만졌다 벌레들이 여자의 입에서 흘러내리는 어두운 침을 마시는 동

안 피는 칡넝쿨처럼 벽을 타고 뻗어나갔다 난 불안해져 창문을 모두 닫고 음악을 크게 틀었다

여자의 몸이 변이되기 시작했다 귀부터 녹아내리더니 유방이 녹아 없어지고 눈에서 진초록 진물이 흘러내렸다 금세 바닥에 끈적거리는 여러 색깔의 액체들이 대칭을 이루며 흥건했다 그 위를 기어다니며 벌레들이 빨아먹었다 젖을 먹는 어린 짐승들처럼 벌레들은 액체를 빨며 꿈틀꿈틀 움직였다

벌레들이 고대의 알파벳과 숫자로 변했다 난 책장의 비유클리드기하학 책을 꺼내 펼쳤다 하얀 눈밭처럼 책은 텅 비어 있었다 내가 벌레들을 빗자루로 쓸어 불속에 버리자 벌레들은 불을 먹어버리고는 거울로 이동했다 거울 속엔 하늘도 숲도 없었고 공중에 뜬 거대한 구두에 핏물이 찰랑거리고 있었다

여자는 울면서 나를 바라보았다 무섭고 섬뜩하던 여자가 애처로워 보였다 그러나 내가 손을 내밀자 여자는 나를 밀쳐버리고는 자신의 얼굴을 뜯어냈다 가죽을 뜯어내자 눈구멍에서 모래가 흘러내렸다 흰 새들이 쏟아져 나왔다 여자의 혀 밑에 들어 있던 검은 씨앗 하나가 바닥에 떨어졌다

나는 여자가 남긴 씨앗을 화분에 심었다 일주일이 지나자

손이 돋아났다 손은 손가락 마디마다 녹색 이파리가 달렸고
검은 가지를 뻗으며 황금비율로 자라났다 손에서 또 다른
손이 하나 더 자라났고 일주일 후엔 다리까지 자라났다 나
무는 점점 사람의 모습으로 변해갔고 집은 날개가 돋아났다

여름이 다 지나자 화분에서 한 소녀가 걸어 나왔다 등엔
아직 벗지 못한 곤충 껍질 같은 것이 덕지덕지 붙어 있었다
몸은 엷은 주홍빛을 띠고 있었다 창밖 어둠 속에 태양의 눈
동자를 닮은 달이 떠 있었다 달에서 흘러내리는 노란 설탕
이 지붕으로 떨어져 유리창을 타고 흘렀다

소녀가 거실을 거닐자 비가 왔고 새로운 벌레들이 날아왔
다 벌레들이 흘리는 즙을 빨아먹으며 소녀는 점점 나와는
다른 피를 가진 여자로 성장했다 그녀가 천사의 웃음을 흘
리며 내 목에 긴 손톱을 꽂고 피를 마시던 날, 나는 신음하
며 밤하늘로 날아가는 집을 바라보았다 릴케의 무덤이었다

숲에선 해독될 수 없는 돌과 물과 나무 들의 울음이 계속
들려왔다 숲 지붕 위로 묘비들이 떠다녔고 죽은 자들의 혼
백이 땅에서 나와 얼굴 없는 문자가 되고 있었다 달이 열두
조각으로 쪼개져 지상으로 떨어지던 밤이었다 검은 숲이 한
장 한 장 바람에 펄럭이며 찢어지고 있었다

## 뒤집힌 눈/곡, 음악광 C의 소장품
3점이 발생시키는 트라이앵글 렌즈

### 점 1. 액체 책

시작도 끝도 없는
　　　　　이 악보집은 (서쪽이었던
동쪽에서 퐁당 퐁당 돌을 던지자
　　　　　누군가 펼치면 (남쪽이었던
서쪽으로 時空 몰래 돌을 던지자
　　　　　하얗게 펼쳐졌다 (북쪽이었던
남쪽으로 말들아 빛들아 퍼져라
　　　　　까맣게 닫히며 (동쪽이었던
북쪽으로 멀리 멀리 퍼져라
　　　　　흘러내리는 이 無無의 책은


### 점 2. 쏘디스켓

나는 텅 빈 우물
너는 망각을 담는 호수
나는 꿈꾸는 사과
너는 비의 발자국을 기록하는 음악
나는 사라지는 눈동자
너는 안개를 뿜는 바위
나는 이빨이 쏟아지는 하늘
너는 웃는 피, 뒤집힌 눈, 만개하는 만다라
나는 창녀 카오스의 유방
너는 돌고 도는 시간의 입, 웃는 틀니

**점 3. 양초인형**

좌표(2, 3, 4)—잔디가 깔린 침대
좌표(4, 3, 2)—귀를 담고 떠 있는 접시


풀과 칡넝쿨로 뒤덮인 실내
밤의 음부들이 거머리 형태로 붙어 있는 창


좌표(2, 3, 4, 5)—시계들이 주렁주렁 달린 나무
좌표(4, 3, 2, 1)—벽을 뚫고 날아드는 관박쥐들


음표와 초침이 벌레들과 교미 중인 실내
머리에 불을 지르고 거머리 웃음을 흘리는 아이

# 4개의 회전체 眼球 사이에서 作圖되는
# 6개의 선과 4개의 면과 다면체 언어 큐브

**위치** A. Topological Eye (White)

커피잔(A) 발생한다

말한다(B) 이 도넛 참 먹음직스럽군

말한다(C) 그건 탄환에 관통된 네 머리야

말한다(D) 그건 구멍 뚫린 21C 지구입니다

말한다(E) 웜홀이 뚫린 오렌지 우주라니까요

말한다(F) 로켓이 관통한 태양이라니까요

적는다(G) 동그란 삼각형 안에서

적는다(H) 삼각의 육각형 밖으로

읽는다(O) 달이 초승달일 때 지구는 보름지구

읽는다(P) 인간은 원 원은 불가사리

테이블(Q) 외계의 벌레들이 날아와 뇌를 먹는 곳

만진다(X) 옮긴다(Y) 먹는다(Z)

커피잔(A) 사라진다

**위치** B. Dimensional Eye (Yellow)

dimension을 기술하는 dimension을 기술하면서

2차원 사막으로 사유하는 3차원 손 n이 걸어감

사막 좌측에서 3차원 아이 eye가 나타남

1연의 모든 문자들의 굴곡을 펴 직선으로 연결함

사막 우측에서 4차원 아이 eYe가 나타남
직선으로 변환한 말 그림자 위에 새 문자들을 기록함

dimension을 기술하는 dimension을 기술하면서
3차원 공중으로 비행하는 4차원 새 n이 날아감

사막 상부에서 5차원 아이 eyE가 올라옴
직선에 기술된 모든 문자를 펴 직선으로 재변환함

사막 하부에서 6차원의 아이 eYE가 내려옴
변환된 시간들의 선 그림자 위에 새 문자들을 기록함

dimension이 dimension을 기술하면서 무한 증폭함
dimension이 dimension을 반복하면서 무한 파괴됨
dimension 8 dimension 88 dimension 888..........

나는 계속 분산됨, 언어 dimension n−1 향해 계속
모래 계속 확산됨, 시공 dimension n +1 향해 계속
n개의 dimension 속엔 2n개의 i, 4n개의 eye

**위치** C. Psychedelic Eye (Red)
붉은 낙지가 해바라기에 붙어 피와 기억을 빤다
아침은 유리로 된 모델 마네킹
광장이 광장에서 광장을 광장 내부로 응집시킨다

꽃들이 태양을 흡혈한다
빈혈의 하루를 견디기 위하여 피를 마시는 시간
내가 만지자 꽃봉오리에서 탄환이 발사된다
심장을 탈주하며 웃는 피

벤치에 쓰러져 Calculus 책을 편다
기호들이 모두 괴델송충이가 되어 얼굴로 떨어진다
큐브시티 인공광장, 인공뇌가 이식된 개들이
전두엽에 플러그를 꽂고 아침의 두개골을 적분한다

마네킹을 부수는 마네킹을 부수는 마네킹의 무한 행렬
광장이 광장에서 광장을 광장 외부로 파열시킨다

낙지가 나까지 삼키고 위치와 시각을 소멸시킨다

**위치** D. Spiral Eye (Black)

___

나는 소용돌이치는 눈
나는 회전 중인 두께 1mm 음반
나는 속도에 의해 수평 음반으로 압착된 눈

나는 측면이 정면임을 관측하며 관측됨
나는 각도에 따라 직선으로 타원으로 원으로
나는 방향에 따라 무한 변환되는 눈

너는 대기를 떠도는 가스 덩어리 의문문
너는—시간은 어떻게 바위와 기억을 구부리는가?
너는—만물은 어디서 와 어디로 가는가?
너는 돌고 돌며 흐르는 기체의 돌

음의 무사들이 달리는 백색 트랙 검투장
죽음은 사물을 녹여 기체의 문장을 만드는 대장장이
머리 이것을 녹여—인간은 왜 멸종됐는가
악기 이것을 녹여—문자는 왜 사라졌는가

수렴하는 뇌, 발산하는 살, 진동하는 피
나는 녹지 않는 문장을 녹여 사물을 만드는 대장장이
눈물은 어디서 왜 오는가—이것을 녹여 심폐현미경
절망은 왜 끝나지 않는가—이것을 녹여 극한망원경

# 인드라 주행 코스

항문에서 입까지
16행이다 자동차들이 밀려 있다
위는 공사 중이고 위액에 녹고 있는 지하도 밑은
4행이다 두 명의 인부가 숨져 있다
도로엔 부글부글 끓는 피
육각형 육체와 사각형 사체가 얼룩말 줄무늬처럼 섞인
목수가 지도를 읽고 경찰서 빌딩 뒤편
8행으로 사라진다
그를 따라 글을 따라 대패가 지나간다 네 눈을 깎으며
오토바이가 육체를 뜯어내 터널로 도주하고
가발을 뒤집어쓴 장미처럼
담배를 피우며 웃는 목각인형 인드라
1백만분의 1로 축소된 등에선 핏줄 등고선들이
포도넝쿨로 자라고 대패가 뱉는다
0.0001mm씩 0.0001mm씩 입에서 항문까지
검은 피 검은 눈 검은 물

# 빅뱅, 폭발하는 眼球 속에서 태어나는 늑대
—미로슬라브 수테이, 시신경의 폭발 2, 1963

폭발하는 너의 안구 속에서 검은 늑대들이 태어날 때까지
눈을 껌뻑이지 말고 중심을 계속 응시할 것

# 正觀
## —輪廻, 안구의 回轉운동


金剛나무 흰 그늘에 누워
가지에 앉은 새 回를 본다
口 속의 口, 말 속의 空
空이 눈을 뜨고 나를 본다
안구에 반사되는 나를 응시하며 다가간다


一切有爲法 如夢幻泡影 如露亦如電 應作如是觀

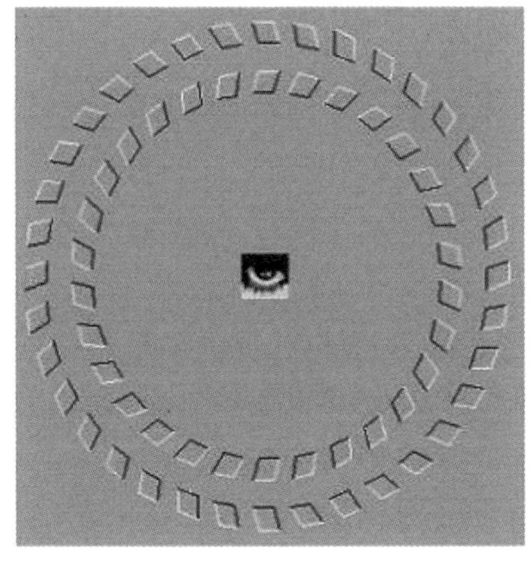

若以色見我 以音聲求我 是人行邪道 不能見如來


黑白 사이에서 이중으로 회전하는 灰色세계
30方 36界, 나는 시간은
空의 동공 속으로 걸어가는 투명한 보행자
새가 떠난 빈 가지에 허공이 흔들리고
죽음 쪽으로 뿌리를 뻗는 그늘

# 수면에 비치는 소리聲나무
—事物과 死物과 眞空

나무와 그림자 사이로 빈 배가 지나간다
수면엔 잿빛 하늘
잉어 妙有가 지느러미를 흔들자
원을 그리며 웃는 물

# 벽에 비친 그림자 악사 빙

## ―없는 여자 Ø(phi)의 목소리

being!
당신이 부는 색소폰에서
구름이 흘러나오고 새들이 날아올라요
푸른 물고기들이 헤엄쳐 나와요
푸른 바람이 흘러나와 내 머릿결을 보드랍게 간질여요
어둠 속의 빙, 당신 지금 우나요?
아름답고 감미로운 악기 소리가 당신의 울음 같아요
알아요 빙, 우린 곧 사라질 그림자예요
하지만 빙, 난 영원히 당신과 함께할 거예요
당신의 턱은 나의 눈
당신의 손은 나의 입술
당신의 가슴이 없다면
제 얼굴도 없어요
당신은 흑인
나는 백인
당신은 밤 나는 낮 우린 한몸이에요
당신과 나의 色 形 香 性 方 時
빙, 울지 말아요 차이는 연기예요
우린 언제나 같은 우주에 있고
영겁 속에서 만물은 모두 평등하게 소멸해요
눈들의 환한 웃음소리를 들어보아요
당신의 이마를 밟는
눈들의 작고 흰 발가락들을 보아요
빙, 이제 웃어요
지금 당신은 제 코를 불고 있잖아요
제 코에서 물고기들이 나와 웃고 있잖아요
빙, 우리 음표처럼 웃어요
웃으면 당신의 목젖에 달린 달이 보여요
그 말랑말랑한 달빛으로 제 뺨을 촉촉이 적셔주어요
being! 사랑해요

## 지워지면서 지워지지 않는

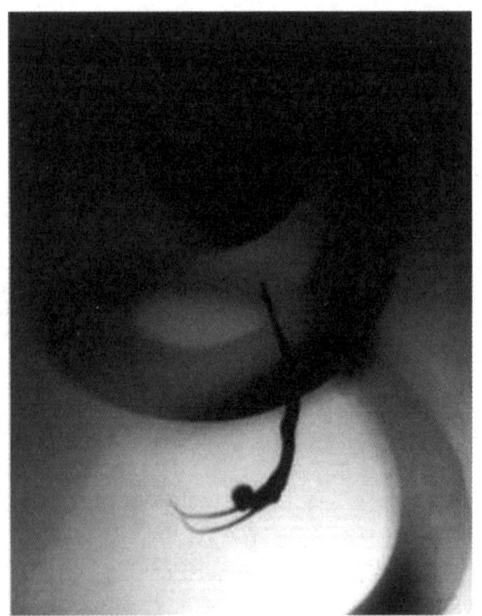

Frantisek Drtikol, The Soul, 1930.

잠든 아이의 입술을 손가락으로 건드리자 입에서 방울토
마토만한 보름달이 굴러 나온다 나는 달을 두 손에 받쳐 들
고 불 꺼진 서재로 간다 책꽂이에 달을 달아놓고 사진을 본
다 달빛이 사진 속으로 잔물결을 일으키며 흘러든다 사진
속에서 웅크리고 있던 여자는 흘러드는 달빛을 따라 곡선을
그리며 유영하기 시작한다 그곳은 여름밤의 깊은 물속, 여
자가 내게 손을 흔든다

나는 푸른 비늘의 물고기 남자가 되어 사진 속으로 들어
간다 꼬리지느러미를 흔들며 여자를 향해 헤엄쳐간다 내가
다가가자 여자는 사각의 프레임 밖 넓고 환한 낮의 물가로
사라진다 햇빛과 어둠이 살을 섞는 곳까지 내가 헤엄쳐가자
물풀 사이에서 바이올린 선율이 아름답게 들려오고 여자의
마지막 모습이 남아 있던 곳에서 빛을 머금은 물방울들이
웃는다 여자는 뭍으로 올라가 길가의 주황색 기둥이 보이
는 집으로 들어간다 나도 물길을 따라 뭍으로 올라간다 물
푸레나무 아래 서서 오랫동안 오렌지 빛깔의 집을 바라본다

나는 사진을 내려놓고 달을 본다 달 표면에 아이의 얼굴
이 어른거린다 저녁에 산책을 하면서 나누던 말이 생각난다
아빠! 저 비행기, 꽁치처럼 생겼어 하늘이 바다 같아! 우린
지금 해저를 걷고 있는 거야, 그치? 사진을 서랍에 넣고 나
는 아이가 잠든 침실로 건너간다 잠든 아이 곁에 사진에서
보았던 여자가 나란히 누워 잠들어 있다 알을 품다 잠든 어
미 물새처럼 여자는 지쳐 보인다 깃털이 촉촉이 젖어 있다
나는 살며시 이불을 덮어주고 현관으로 나간다 담배에 불
을 붙이고 길 저편을 바라본다 물푸레나무 아래 누군가 오
래도록 서 있다

# 아픈 방

난 이 시 아픈 방이오 이렇게 찾아주셔서 고맙소 어서 들어오시오 왼쪽 벽에 스위치가 있소 누르지는 마시오 난 이대로 어둠 속에서 쉬고 싶소 불을 켜면 당신은 벽을 타고 흐르는 피, 의자 밑에 떨어진 손을 보게 될 거요 난 그런 걸 당신께 보이고 싶지 않소

가만히 서서 책상을 바라보시오 책상은 칡넝쿨로 뒤덮여 있소 책상 밑으로 흐르는 계곡이 보이오? 계곡은 당신이 서 있는 벽을 타고 천장 밖 당신이 살던 세상으로 흐르고 있소 얼마 전까지 이 방엔 한 여자가 살고 있었소 그녀는 스스로 숨을 끊고 계곡을 따라 당신이 살던 세상으로 떠났소

0시 방향으로 걸음을 옮겨 창을 찾아보시오 창은 말의 동공처럼 어둡게 깨져 있소 거기 서서 0시의 왼쪽 세계를 바라보시오 밤의 잿빛 도시가 보이오? 도시의 강변 저편에 빌딩들이 보이고 아파트 단지가 보일 게요 불 켜진 방이 하나 보일 게요 시를 읽고 있는 사람이 보일 게요 누군지 아시겠소? 아픈 방을 읽고 있는 바로 당신이오

당신에게 손이라도 흔들어주시오 그 사람도 나처럼 아픈 방에서 홀로 아파하고 있을 게요 가서 그 사람이랑 술이라도 한잔하시오 미안하오 이제 난 약을 먹고 쉬고 싶소 그만 나가주시오 당신이 이 방을 나설 때 여자의 손이 당신을 따

라갈 것이오 그럼 좋은 밤 보내시오

# 무중력 회전체 큐브

Open Your Eyes! Open Your Dream! 이상한 목소리에
잠에서 깨어난다 오렌지 큐브다 2079년 여름 아침이다 천장
에 깔린 관 모양의 수면 캡슐에 내가 누워 있다 천장 모서리
에 의자가 거꾸로 붙어 있다 한 노인이 앉아 담배를 피우고
있다 노인은 일어나 벽에 수직으로 붙은 화분에 물을 준다
난 자넬세 여긴 제64우주 뫼비우스의 공중기차역이고 지금
은 2479년 겨울 저녁일세 삼사라* 기차가 오면 난 곧 떠날
게야 찬 물줄기가 주르르 내 얼굴로 쏟아진다

바닥으로 두 개의 금속 창이 보인다 왼쪽 창으로 항구가
보이고 물개들이 보인다 임신한 어머니가 불가사리 해변에
쓰러져 있다 벼랑에서 누군가 몸을 던진다 어머니가 진통하
며 나를 낳는다 개가 태반을 물고 벼랑 아래로 달리자 오른
쪽 창으로 천 년 전의 몽골 초원이 나타난다 초원에 해부대
가 놓여 있다 마취도 없이 복제된 7인의 내가 해부되고 있
다 공중으로 하얀 돌 하얀 모자 들이 떠다니고 문자 없는 책
들이 하늘을 날고 있다

큐브를 탈출하려 출구를 찾는다 벽을 밟고 바닥으로 올라
간다 다시 반대편 벽을 밟고 천장으로 내려온다 400년이 찰
나에 지난다 내 몸은 온통 주름투성이고 머리는 백발로 변
해 있다 벽은 온통 가시투성이 넝쿨식물로 뒤덮여 있고 출
구는 보이지 않는다 의자에 앉아 담배에 불을 붙이고 바라

본다 천장에 붙은 관 모양의 수면 캡슐에 또다른 내가 누
워 있다 꿈꾸는 그의 얼굴을 바라보며 말한다 Open Your
Eyes! Open Your Dream!









* 삼사라(Samsara): 흘러가는 것. 끝없는 재탄생의 연결 고리로 생명
과 죽음이 순환하는 것.

# 글자들이 날아다니는 숲

**❶** 나는 P다

검은 실내다 벽을 따라 시신경들이 뻗어 있다 창 너머 가우스 숲에서 자객들이 바늘과 단도를 던졌다 실내가 찢어졌고 나는 눈동자 밖으로 나갔다 P가 흐르고 눈이 내렸다 눈길에서 나는 눈과 길을 잃었다 나를 태우고 온 말도 어디론가 사라졌고 사방은 칠흑의 어둠이었다 숲의 공중으로 초서체 벌레들이 날아다녔다 올빼미 눈이 박힌 각도기가 빛을 뿜으며 날고 붓을 쥔 張旭의 취한 손이 까마귀 떼와 함께 날고 있었다 어둠 속에서 짐승 갈루아의 울음이 들려왔다 가시덤불을 헤치고 나가자 불빛이 보였다 불빛 사이로 호수가 보였다 숫자들이 죽은 잉어처럼 떠 있고 그림자만 있는 無物나무들이 물가에 서 있었다

**❷** 나는 ～P다

노승 懷素가 벌거벗은 채 먹물로 몸을 씻고 있었다 검은 백합처럼 웃으며 그는 없는 긴 머리칼로 허공에 붓글씨를 썼다 각도기가 90도 회전해 북극성 쪽으로 날아가자 그는 먹물을 사약처럼 들이켜고 호수 속으로 들어갔다 숫자들이 지느러미를 파닥이며 몸을 뜯기 시작했다 숲의 벼랑에선 갈루아의 울음이 계속 들려왔고 내가 숲의 폐부로 걸음을 옮길 때 호수에서 거북 형상의 法帖이 날아올랐다 불붙은 등에 僧懷素自敍眞蹟神品이라고 적혀 있었다 공중을 날며 타오르는 책에서 검게 탄 손가락들이 떨어졌다 머리카락이 쏟

아졌다 물가엔 소리聲나무들, 바람에 긴 가지를 흔들며 ~P
처럼 울고 있었다

❸ 나는 P∧~P다

　어둠은 밤의 대기가 흘리는 찬 피, 계곡으로 들어서자 기
와로 지은 5차방정식 집이 나왔다 등에 부등식이 문신된 여
자가 샘에서 목욕하고 있었다 가슴엔 초승달 흉터, 여자는
목욕을 마치고 달빛과 함께 방으로 들어갔다 나는 여자가
벗어놓은 흰 치마에 붓글씨를 썼다 空中無色無受想行識 글
자들은 모두 검은 나비가 되어 공중으로 날아가고 여자의
알몸만 어른거렸다 붓을 던져버리고 방으로 들어갔다 여자
는 머리까지 이불을 쓰고 잠들어 있었다 내가 이불 속으로
들어가자 뭉클한 것이 살에 닿았다 끈적거리는 무언가가 내
가슴에 들러붙었다 이불을 걷자 여자는 보이지 않고 거대한
불가사리가 꿈틀거리고 있었다

❹ 나는 P∨~P다

　방을 뛰쳐나와 대문 밖으로 달렸다 한참을 뛰다 뒤돌아보
니 집은 보이지 않고 그 자리엔 집채만한 귀가 놓여 있었다
귀는 핏물로 가득 차 있고 여자의 울음소리가 들려왔다 이
곳은 어딜까? 꿈속도 꿈 밖도 아닌 점이지대, 취한 까마귀
들이 망고처럼 다닥다닥 붙은 나무들이 벼랑 끝까지 이어져
있었다 어둠이 칡넝쿨처럼 다가와 목을 휘감았다 나는 형상

이 없는 말을 타고 달리기 시작했다 숲의 하늘로 날개 달린
돌, 초서체 벌레들이 날고 있었다 죽은 노승의 눈이 박힌 달
이 떠 있었고 숲 밖 먼 우주에서 북소리가 들려왔다 소리는
검은 쇠구슬 모양을 하고 내 얼굴을 향해 무수히 날아왔다

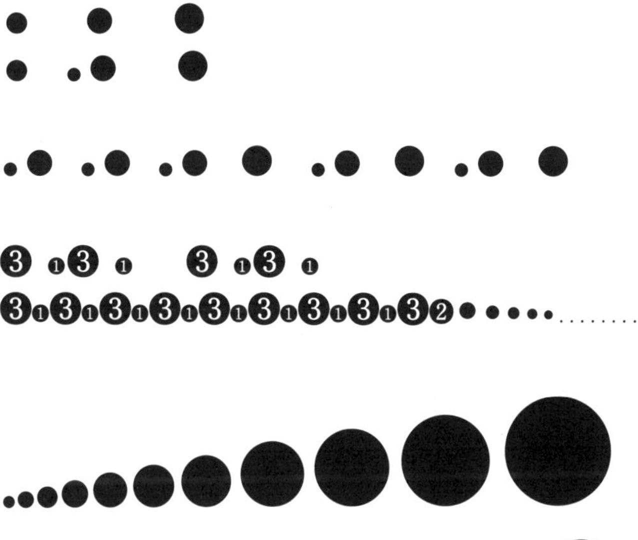

# 유황이 타는 8각형 밤

角 1. 가죽 벗겨진 고양이 황이 철로가 깔린 〈첫 문장〉을 도주한다. 하수도에서 박쥐 떼가 날아오른다. 꺾어지는 귀.

角 2. 자정의 빗물이 쥐 울음소리를 내고 있다. 어둠과 글자들을 후송하는 석탄차가 외각에서 달려온다. 꺾어지는 눈.

角 3. 소녀의 입에서 이륙한 비행기가 밤의 복부를 횡단한다. 하늘의 내장이 터져 첫 문장 우측 1km 지점의 해부실로 떨어진다. 꺾어지는 혀.

角 4. 머리칼 풀어헤친 버드나무가 황의 전처처럼 울고 있다. 꺾인 가지에서 핏방울이 새어나오고 하늘에서 죽은 어휘벌레들이 뚝뚝 떨어진다. 꺾어지는 잠.

角 5. 꿈을 깬 돌들이 날아오른다. 첫 문장 2km 전방의 생체실험실 창이 깨진다. 유황이 타는 방, 다섯째 피살자의 두개골이 분쇄되고. 꺾어지는 窓.

角 6. 어두운 공중으로 음순들이 떠간다. 철로가 두 마리 뱀이 되어 꿈틀꿈틀 일어선다. 내각의 중심에서 어린 비명이 들려오고. 꺾어지는 角.

角 7. 혓바닥을 날름거리며 연구단지 시계탑이 웃는다. 웃음은 좁쌀처럼 바닥에 흩어지고 바늘비가 촘촘히 내린다. 꺾어지는 覺.

角 8. 하수도와 똑같이 생긴 〈마지막 문장〉으로 황이 숨어 운다. 피 마른 가죽이 바람에 펄럭이고, 8개의 눈이 달린 아침이 온다. 꺾어지는 刻.

## 대수학

—Movements Of A Visionary


검은 진공이다
진공을 떠가는 푸른 심장이다
심장에서 흘러나오는 붉은 노을이다
독이 묻은 술잔이다
자정에 홀로 깨어 공원을 서성이는
취한 칼이다
계단을 타고 올라와 내 꿈을 면도하는 칼이다
칼이 흘리는 아픈 피다
밤마다 장미로 변장해 나의 창을 넘어와
심장을 써는 톱이다
밤마다 방문을 부수고 들어와 나를 덮치는
마녀 같은 파도다
하늘엔 별들이 처참하게 죽어가는데
하얀 외투를 걸치고
하얀 모자를 쓰고
창가에 앉아 묘비처럼 웃기만 하는 당신
당신은 웃는 촛대다
웃는 가위다
밤마다 내 마음을 톱날무늬로 잘라
어둠 속으로 도망치는 당신
당신은 도주하는 기차다
도주하는 사과다
쪼개보면 살점 하나 보이지 않고

하얀 불가사리로 뒤덮인 터미널만 보이는
하얀 눈동자가 굴러가는 고속도로만 보이는
내 사랑 당신은
나를 마시는 사막이고
나를 마시는 늪이다

# 몹시 절망한 남자의 몹시 이상한 보행법

∀ 죽기로 작정한 A

∀ 빌딩 옥상에서 몸을 던진다

∀ 거꾸로 떨어지는 A

∀ 머리가 바닥에 닿으려는

∀ 순간

∀ 갑자기 중력이 사라진다

∀ 지상 5㎝ 상공에

∀ 그대로 멈춘 A

∀ 눈을 떠보니

∀ 갑자기 세상이 뒤집혀 있다

∀ 발밑엔

∀ 웃는 구름

∀ 웃는 새들

∀ 거꾸로 선 빌딩들

∀ 거꾸로 선 사람들

∀ 정지한 그대로 A

∀ 뒤집힌 세상 속으로 똑바로 걸어간다

# 아홉 개의 층이 있는 수학병동

9. 옥상엔 사냥개와 휠체어와 남자의 자궁

8. 지하실엔 모형 두개골 A B C

7. 손가락 잘린 선반공이 응급실로 달려간다.
   뚝뚝 떨어지는 검붉은 바람

6. 하하는 실험실에서 바람의 방정식을 기록한다.
   NACL ＋ ELEVATOR ＋ $H_2O$ ＋ 손가락
   ＝앰뷸런스가 달리면 소녀는 생리를 시작한다.

5. 그 냄새, 나는, 세계는 개미굴이다.

4. 시간이 고양이 발톱에 할퀴어 비명 할 때

3. 피 흘리는 구름을 품고 백지 위에 잠드는 나

2. 포르말린 속의 소녀 호호가 빨갛게 눈을 뜬다.

1. 9월 0일이다.
   나의 입술에서 검은 해바라기가 피어난다.

0. 수고하셨습니다. 영안실은 지하 1층
   휴게실은 13층 복도 끝

## 제로 행성
**―규락에게**


너의 눈썹이 떠오르지 않는다
너의 코와 손가락, 너와 거닐던 봄날의 골목들이
자꾸만 안개 속으로 흐려진다
내 손에 남은 너의 체온
내 귀에 남은 너의 숨소리
너의 웃음이 아카시아 꽃잎 되어 빛 속을 떠돈다

친구야, 지구만한 쇠공에
100만 년마다 파리가 한 마리씩 날아와
잠시 앉았다가 떠난다고 할 때
그 쇠공이 다 닳아 없어질 때까지 걸리는 시간
그 시간조차도 우주에서는 찰나라지

너의 모순 없는 주장처럼
모순이 없고 충분히 강력한 어떤 공리계에서
증명도 반증도 불가능한 명제가 존재한다면
그건 사랑이고 죽음일 거다
우리의 말과 수학기호, 기억의 불완전성을 우주는
시간의 불완전성 정리로 정리해 명료히 망각할 거다

고양이 핏줄 같은 빛이 내린다
빛은 우주가 자신의 어두운 육체에 쓰는 망각의 유서
나는 지금 제로가 발산하는 무한의 빛을 미분 중이다

푸른 피가 역류하는 저 빛의 혈관들
저 검은 근육의 문체 속에서
우리는 결국 그림자 없는 행성이 될 것이고
그 없는 그늘 속에서 사랑하고 울고 웃다 조금씩 미쳐
발음될 수 없는 낱말이 되는 것이다

나는 제곱하면 음수가 되는 i
세계는 실수와 허수가 샴쌍둥이처럼 결합된 복소수의 시
시간도 죽음도 우주도
공집합을 집합으로 하는 기이한 무한집합이니
친구야, 나의 말은 너라는 무한을 향해
네 속의 캄캄한 우주를 향해 날아가는 혜성들이다
미지수 X처럼 인간은 누구나 불안한 새고 미궁들이고
각자의 명료한 착란 속에서 혹독한 섬이다
네 수학 이론이 네 영혼의 메아리고 파동이고 섬광이듯
나의 말은 진공 속으로 흩어져 사라지는
내 몸의 에코이자 아픈 피건만

오래전 너를 업고 응급실로 달리던 그날 밤처럼
나의 봄은 무릎이 빠져 있고
삶은 지금 여기저기 뼈마디가 탈골되고 있다
친구야, 제로 행성엔 아직도 눈이 내릴까
벼랑 끝에 서 있던 우릴 닮은 모래 눈사람들

아직도 거기 서서 모래의 웃음을 흘리며
계곡 아래로 다이빙하는 빛들의 알몸을 보고 있을까

# 없는 나라

없는 초원에서
없는 말들이
없는 갈기를 휘날리며
없는 꿈길을 달려 내게로 온다
없는 안장에 나를 태워
없는 나라로 간다
없는 나라에 도착해보니
없는 사람들이 보인다
없는 길들이 보인다
없는 시계들이 걸어다닌다
없는 거울들이 나무들이 걸어다닌다
없는 시인들이 없는 시를 쓴다
없는 화가들이 0차원 그림을 그린다
없는 영화관에선 없는 영화가 상영되고
없는 개들이 없는 담배를 피우며 내게 묻는다
없는 당신!
없는 삶을 끌고 왜 여기까지 왔소?

## 오렌지가 구르는 휴대용 계단

1시에
한 개의 손이 2시의
　　　　자궁에서 3시에
　　　　　　세 개의 오렌지를
쥐고 나온다 4시의
　　　　옥상에서 5시에
　　　　　　다섯 개의 오렌지가
머리가 6시의
　　　　계단으로 구른다 7시에
　　　　　　일곱 개의 오렌지가
8시의 묘지에서
　　　　9시와 함께 부식하자
　　　　　　∞개의 행성들이 낱말들이
0시의 COSMOS 상자에서
　　　　오렌지 웃음을 흘리며
　　　　　　-1시에 굴러 나온다

# 고딕 계단을 공격하는 말개미들


**첫번째**　말은 무색의 신경마취 가스

　**해바라기가 두번째**　코로 말을 마신다

　　　*시간은*　**이발소에서 세번째**　면도를 하고

　　　　*빛 속에서* 어떤 말은 **양산을 쓰고** 말한다

**최초의** 말은　　　*파괴된다!*

　**거울 속으로 마지막** 말은　*증발한다!*

　　　**총을 쏜다 나는**　　　*내가*

　　사라지지 않는 세계　**면도 중인 섬**

**나는** 말은　　　앞으로 뒤로 위로 아래로

　**표류하다 실종되는**　동시에 사방으로 걷는다

　　말은 **거울 속의 무인도**

　　　　*세계는* **핏빛 미궁의 바다**

**좌초하는 배** 말의 현실은　*나를 잡아먹고*

　　**파란 수염을 기른**　*어둠 속으로*

　　　불빛을 던지는 **등대**　*출항하는 배*

## 글자族이 사는 무인도

폭풍과 풍랑이 휘몰아쳤다
밤은 갈비뼈가 부러졌고 절벽에 배는 난파되었다
돌들이 기침을 하는
이상하고 낯선 해안에 나는 쓰러져 있었다

자정에 눈을 떴다
식인 글자族이 사는 원시 무인도였다
하늘엔 열두 개의 달이 떠 있었고
등에 전갈 문신을 한 구릿빛 글자들이
나를 내려다보고 있었다
어깨에 낫처럼 생긴 날개가 달려 있었다
사람 뼈로 깎은 창을 들고 있었다

흑인 여왕 노바디가 다가왔다
섬의 말인 노씽語로 모두에게 말하자
글자들은 나를 나무에 거꾸로 매달아 마을로 데려갔다
모닥불이 활활 타고 있었다
굶주린 글자들이 바비큐 파티를 준비하고 있었다
A E I O U 머리가 다섯 달린 늑대가
태양을 뜯어먹고 있었다

북소리가 점점 커졌다
나는 불길 위에서 알몸으로 떨었다

불속에서 무쇠 혓바닥이 달린 태고의 꽃들이 피어났다
마을 앞으로 깎아지른 벼랑이 보였다
벼랑을 기어오르며 글자들이 군사훈련 중이었다

여왕이 다가왔다
내 몸에 올리브기름과 꿀을 바르며 입맛을 다셨다
익어가는 내 엉덩이를 만지며 말했다
조만간 인간의 도시를 습격할 것이다
네가 온 미래로 가는 시간의 뱃길을 말하라!

공중으로 성난 바위들이 둥둥 떠다녔다
불가사리 모양의 새들이 불을 뿜으며 날아다니고
열두 가지 시간이
열두 방향으로 동시에 흐르고 있었다
얼굴에 하얀 피를 바른 검은 글자族 전사들이
일제히 나를 쏘아보고 있었다

## 지난여름 파도에 떠밀려온 이 시는

　　　　말조개　　　　　3개의 붉은 손이 달린

만리포 해변에서　　이 문장이 나의 목을 조른다

　　　　내가 손가락으로 건드리자

　　　　하늘로　구름과 피가

　　　　쩌억 벌어졌다가　검은 하수관으로 흐른다

　　　　나의 손가락을 꼬옥 물고는

석기함 모텔로 죽음과 생이 나란히 들어간다 시간이 암흑이

　　　　따라 들어오며　　이 문장 밖에서 암녹색 꽃으로 핀다

　　　　러시아 댄서의 웃음소릴 내던 이 시는

　　　　내가 샤워를 하는 동안　바람을 토한다

　　　　　　　이 침묵의 11행은

303호 창에서 이 나체의 12행은 자신의 육체 속에서 울고 있다

　　　　달빛 물든 바다를 바라보며

　　　　한 꺼풀 한 꺼풀 속옷을 벗던 이 시는

　　　　내가 나오자 나를 끌고 뱀이 되어 휘감는다

침대 속으로　세계와 나는

　　　　쏘옥 들어가 동시에 알몸으로 지워진다

　　　　뻘뻘 땀을 흘리기 시작하던 이 시는

**타임 호텔의 지그재그** 25층엔 25시, 복도를 따라

하이힐 소리 걸어간다 **계단을 오르는 콜걸 나온다**


**검은 벌레들이** 검은 그림자를 끌고 왜 이 문장을 기어가는가?

낱말들은 왜 스스로의 힘으로 공전하며 자전하는가? **서랍에서**

**나온다** …… 세계는 액체로 된 미완의 문장

나는 중력과 방향과 명암을 믿지 않는다! **비상구로**

**들어간다** 문장은 자신의 음과 혼으로 제 몸에 세계를 새긴다

인간과 불과 얼음 사이에서 표류하는 낱말들…… **비상구에서**

**흰 구름이** 파열한다 〈파열한다〉가…… 서술되(지 않아)도

이 증발하는 하나의 행은 **피살된 여자의 눈으로**

**나온다** 안개가 되어 안개를 뜯어먹는 들개가 되어

**내 눈엔**

**검은 허공** 이 광기의 이 암흑의 우주로 미아가 되어 실종된다

**허공엔**

**피를 뿌리는 뱀** 이 서술될 수 없는 이 악몽의 이 현실의

행간 사이에서 낱말들은…… **피투성이 죽음이**

**내 눈에서** 7층으로 내려간다, 굴절되는 회전체 큐브

나는 여자와 순간적으로 지나친다…… 계단을 타고 올라오는 **나온다**

**비상구로** …… 점 점 점 분산되는 형광 불빛들

여자는 보이지 않고 음산한 웃음소리만 메아리친다 **들어간다**

**비상구에서** 非常口가 말한다 너의 육체는 4층을 통과할 수 없다!

3층의 모든 창문들이 닫힌다 **피를 먹은 벌레들이**

**서랍으로** 2층으로 올라간다 몸을 끌고 그림자가

도발적인 차림의 여자가 1층으로 들어선다 그녀의 이름은 **나온다**

　(밤마다) 삽입한다 (미끈미끈) 삽입한다 (나팔꽃 속에) 삽입한다 (벌거벗은 남자가) 삽입한다 (침대에서) 삽입하고 (지붕에서) 뺀다 (욕조에서) 삽입하고 (옷장에서) 뺀다 (항구에서) 삽입하고 (변소에서) 뺀다 (앉아서) 빼고 (뛰어가면서) 뺀다 (땀을 뚝뚝 흘리며) 뺀다 (2천 년 전에 죽은 여자가) 뺀다 (오늘 밤) 뺀다 (69에서) 뺀다 (면도칼로) 뺀다 (44) 뺀다 (검은 눈알) 빼고 (13을) 빼더니 (몸속의 모든 피를) 뺀다 그러자 글자族이 사는 무인도에서 검은 북소리 들려오고 예기치 못한 문장이 하나 우연히 태어난다 밤마다 피가 모자라는 항구에서 어린 돌고래의 비명이 들려오고 벌거벗은 남자가 나팔꽃 속에서 걸어나와 인간의 귀로 뒤덮인 해변으로 간다

# 물침대

움직인다움직인다움직인다움
직인다움직인다움직인다움직
인다움직인다움직인다움직인
다움직인다움직인다움직인다
운동중인운동중인운동중인운
동중인운동중인운동중인운동
중인운동중인운동중인운동중
인운동중인운동중인운동중인
물침대가남극에서말을한다시
침분침이자음모음과얼음공간
대지에서여백으로소우주인시
가폭발한자리로멀리사라져간

## 3×3 행렬

섹스 중인　1 2 3
대기 중인　4 5 6
목욕 중인　7 8 9

한 시간마다 의자가 뱀이 되는 호텔 HERE
두 시간마다 침대가 피를 뱉는 호텔 HERE

섹스 중인　3 4 5
대기 중인　6 7 8
고문 중인　9 1 2

한 시간마다 두 시간이 피살되는 객실 NOW
두 시간마다 네 시간이 사산되는 객실 NOW

섹스 중인　5 6 7
대기 중인　8 9 1
이미 죽은　2 3 4

# 과거로 가는 택시

여자 사체가 강변 풀밭에 버려져 있다
비에 젖고 있다
김형사는 현장 사진을 사건 서류철에 넣고 담배를 문다
경찰서를 나선다
택시를 타고 성모병원 장례식장으로 간다
병원 정류장에 긴 머리의 아름다운 여자가 서 있다
바람이 분다
여자의 머리가 바람에 어지럽게 흩날린다
여자가 시계를 보는 사이
김형사는 영안실로 올라간다
신발을 벗고 분향소 안으로 들어간다
향을 올리다 김형사는 깜짝 놀란다
영정의 사진은 조금 전 정류장에서 마주친
바로 그 여자다
김형사는 복도로 나가 정류장을 바라본다
여자가 노란 택시에 오르고 있다
택시는 어둠을 뚫고 어둠 저편 강변으로 달린다
비가 내리기 시작한다
김형사는 옆방으로 가서 초조히 술을 마신다
박형사가 작은 목소리로 말한다
조검사 부인 말이야 어젯밤 강변에서 피살됐어
박형사는 안주머니에서 현장 사진을 꺼내 건네준다
알몸의 여자 사체가 강변 풀밭에 버려져 있다

# 유의미孃 실종 사건에 대한 현장검증

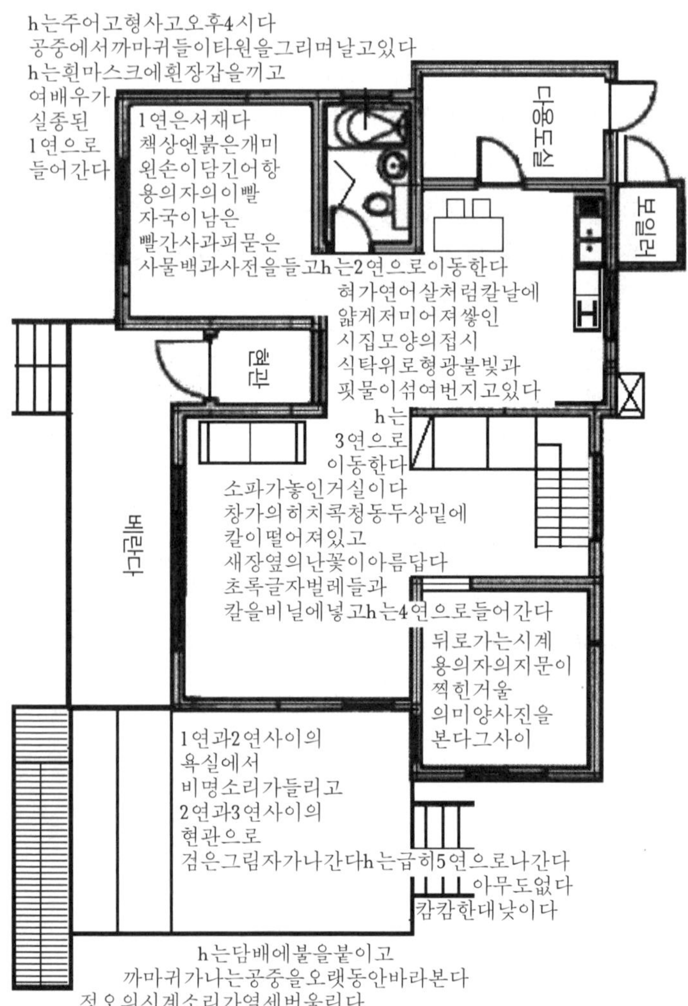

# 목격자를 찾는 스파이 소녀 한다

출입금지된사각정원잔디밭이다정원사는피살됐고목격자인
애벌레는낱말사이에은신중이다잔디뿌리로피가스미고있다
한다본다촘촘히한다땅을판다 허리숙이고한다
검은구멍한다돋보기한다 행간에서한다
이상하게깎여있는잔디 여기는사건현장
살들이널브러져있다 구름은없다공중의
태양은이빨이녹는다 잔디밭이어두워진다
한다본다파헤친다 한다 추론한다기록한다
곳곳에핏방울들발자국들 먹구름이몰려온다
한다찾는다추적한다 한다계속해서찾는다
흰까마귀목소리 들려온다 깎인
글자들이사라진 곳에서 새가
무서워어서도망가! 그가 온다
돌계단넘어검은칼그림자 시간이
뱀처럼기어다니고 어둠 잔디밭을삼킨다
빗방울이후두둑 뚝뚝떨어진다그래도한다찾는다
바람소리새소리벌레소리섞여빗소리점점커진다그래도한다
어둠속에서한다집요하게한다끝까지한다한다한다비명한다

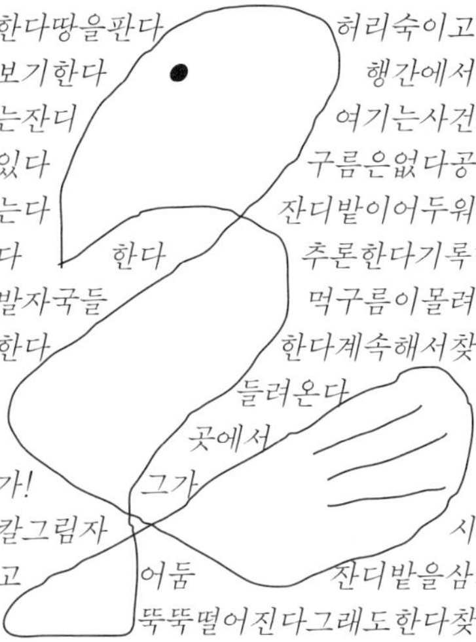

# 색채강박증 교사 소괄호의 바나나를 둘러싼 음모들

(1) 색의 3속성

문장고등학교 미술실이다 색채는 몸매가 매혹적이고 눈이 아름다운 여교사다 채도와 명도가 그녀의 눈과 말의 색 조화장을 놓고 싸울 때 나는 먼셀표색계에서 죽은 낱말들의 피부색을 찾는다 채도가 마취 헝겊으로 내 입을 틀어막고 미술실 계단 밑으로 끌고 간다 음모가 돋아나고 명도는 염산으로 휘도를 내쫓기 시작한다

(2) 음모의 모양

무채는 유채색으로 유채는 무채색으로 얼굴을 은폐한다 그들 두 교생이 팔짱을 끼고 과학실 복도를 걸을 때 음악은 생쥐의 모습으로 뒤따른다 고양이조차 잡아먹을 교활한 것들! 음모들은 구불구불 자라나고 색채 때문에 바나나는 점점 시커멓게 변색되어간다 색채가 웃는다 그녀는 明刀를 가진 무채를 사랑하지만 그것은 측광에 의한 환각이다

(3) 음색의 관계

모음은 혀가 없는 색이고 색은 공, 자음은 나비의 율동으로 공을 떠다니는 피, 빛은 동공에 붙어 피를 흡수하는 거머리들, 나는 마취 상태에서 한 쌍의 보색연인을 본다 그들이 살을 섞어 말을 섞어 염산을 뿌리자 꽃처럼 피살되는 유채, 무덤 위의 파도 같은 천둥이 치고 보라색 비가 내린다 가색에 의해 무색이 되고 감색에 의해 흑색 또는 회색이 되는 특

(4) 사체 크로키 실습

자살한 내 짝꿍 (한다)의 육체에서 말의 세 가지 색을 뽑는다 녹G 청B 적R, 이것을 가색혼합 하여 백색의 침묵을 만들 때 괄호 안에서 친구들은 탄다 (1), (2), (3), (4) …… 기형의 숫자벌레가 되어 탄다 소리도 냄새도 없이 공중을 떠도는 연기들, 낙하산을 타고 새 교장이 오고 새 교감이 오고, 피투성이 새들이 난다 두개골이 깨진 문장의 옥상에서

## 어떤 市의 사물함

탈의실이다 나는 옷을 벗고 피부를 벗는다 말의 눈이 그
려진 사물함이 내 몸을 쳐다본다 손잡이 옆에 〈사물-함〉이
라고 적혀 있다 문을 열자 말들이 거니는 어떤 시가 보인다
빌딩 사이로 검은 물고기들이 헤엄쳐 다닌다 도로에 앰뷸런
스가 서 있다 나는 살을 다 벗고

사물함 속으로 들어간다 앰뷸런스가 나를 태우고 사물병
원 응급실로 달린다 병원 복도엔 모자들이 걸려 있다 환자
들이 건드리면 모자에서 도마뱀이 나온다 의사가 다가온다
얼굴을 보니 고3 때 수학선생이다 의사 옆에 속옷만 입은
간호사가 서 있다 내 몸에 흰 붕대를 둘둘 감아 12호 병실
로 데려간다

들어가보니 특수반 교실이다 책상에 다리가 묶인 영재 아
이들이 과학 문제를 풀고 있다 옥상에서 투신한 여학생의
중력가속도가 콘크리트 바닥에 가하는 힘의 크기를 구하는
물리 문제다 깨진 두개골 부피와 피의 면적을 구하는 수학
문제다 의사가 내게 문제를 풀어보라고 말한다

내가 칠판으로 나가 문제를 푸는데 유리창에 죽은 여학생
의 얼굴이 나타났다 사라진다 교실 바닥으로 위산이 흐르기
시작한다 위산 속에서 파란 물고기들이 헤엄치고 칠판 위의
달력에서 숫자들이 거머리가 되어 내 머리로 떨어진다 나는

분필을 내던지고 의사를 밀친다

　아이들이 웃는다 아이들의 귀에서 붉은 연기가 나오며 하
나 둘 몸이 녹아 없어진다 간호사가 울기 시작한다 소리를
지르며 복도를 달린다 젊은 의사 둘이 들이닥친다 나를 교
단에 묶고 마취주사를 놓는다 나는 의식을 잃어가며 교실
뒤편의 사물함들을 바라본다 거기에도 모두 〈사물-함〉이라
고 적혀 있다

# 어떤 市

어떤 市를 가는데
어떤 커다란 돌이 굴러와 멈춘다
돌에서 다리가 쑥 나오더니 내 엉덩이를 걷어찬다
팔이 쑥 나오더니 내 뺨을 후려친다
내 가발을 빼앗아 쓰더니
내 바지를 빼앗아 입더니
내 가방을 빼앗아 열더니
노트에 깨알같이 적힌 미분방정식의 오류를 지적하더니
오류의 오류를 지적하더니
내 노트를 먹어치우기 시작하더니
내 가방도 구두도 마구 먹어치우더니
나까지 먹어치우더니
다시 데굴데굴 굴러간다
아무 일 없었다는 듯 삼복염천의 다리 밑에서 돌은
배를 두드리며 늘어지게
낮잠을 잔다

# ING 살인 사건

# 나는 장소 I이다

 살해될 수 없는 아이가 골목에서 살해되었다 토요일 밤 가로등이 켜진 앞의 문장에서 **탄환이 발사된다** 여형사 마이너스는 〈살해되었다〉를 핀셋으로 집어 투명 비닐에 넣고 범인의 발자국이 묻은 문장의 벽을 살핀다 **허공에 구멍이 발생한다** 아이는 심장에 지름 7mm의 구멍이 뚫린 채 코스모스 아래 쓰러져 있다 여형사는 〈없는〉과

 〈아이〉 사이로 보이는 공터에서 탄피를 찾아낸다 꽃잎에 묻은 지문을 찾아낸다 범인이 흘린 음성기호들을 찾아낸다 밀폐된 비닐 속에서 〈살해되었다〉가 〈살해된다〉로 부패해가는 동안 **탄환은 정지한 채 계속 날아간다** 여형사는 살인의 흔적을 역추적하기 위해 문장을 차단시켜 문장을 개방시키기 시작한다

 달빛이 내린다 달빛은 괴델송충이 모습으로 여형사 얼굴에 붙어 기어다니고 **탄환이 나를 관통한다** 코스모스가 흔들린다 밤은 뇌 주름을 갖고 있고 어둠 속에서 아이의 눈꺼풀이 열린다 동공엔 응고된 하늘, 하늘에서 어두운 계단들이 쏟아져 쌓인다 마이너스는 계단을 밟고 문장 뒤편으로 간다 병원이 나타난다 옥상에 삼각뿔 달이 떠 있다

# 너는 장소 N이다

달이 제4면을 드러낼 때 형사 마이너스는 진찰실로 들어간다 진찰실은 사전 모양이고 낱말로 뒤덮여 있다 낱말들이 말미잘처럼 촉수를 움직여 형사를 더듬는다 **탄환은 계속 수평으로 날아가고** 진찰실이 말한다 난 당신을 초대한 적이 없소 그런데도 날 찾아온 걸 보면 당신은 분명 환자요 자 그럼 당신 방식대로 아이와 범인과 당신의 심리를 진찰하시오

마이너스는 진찰실을 음의 방향에서 진찰한다 그녀가 진찰실을 진찰하는 동안 **탄환은 너를 관통하고** 양의 방향에서 길고 검은 손이 창으로 들어와 시계를 역으로 돌린다 그녀가 사건의 해부를 위한 실마리를 찾는 동안 해부를 해부하는 검은 핀셋과 가위들의 웃음소리가 들린다 형사는 창가로 가 진찰실 밖 도시를 바라본다 장소 G의 허공에 나타나는 핏빛 구름의 문장들을 바라본다

# 그들은 장소 G다

범인은 사건 발생 시간과 장소와 정황을 정확히 알고 있을 것이다 범인이 만약 그 사실을 기억하지 못한다면 범인은 분명 환자일 것이다 범인이 만약 그 사실을 기억하지 못한다고 거짓말한다면 범인은 범인이 아니라고 선언할 것이

다 이곳은 장소 O다 위증의 법정이다 이렇게 누구든 거짓말
을 해도 그것이 거짓임을 판정할 수 없는 이곳은

　장소 X다 살인 중인 세계다 당신은 선언한다 나는 살인자
가 아니다 형사도 선언한다 나도 살인자가 아니다 문장들도
선언한다 나도 살인자가 아니다 빌딩들도 권총들도 선언한
다 나도 살인자가 아니다 나도 선언한다 나도 살인자가 아
니다 **탄환은 그들의 심장부를 관통해 계속 날아간다**

# 컬러 킬러의 흑백 사체

정오의 까마귀가 울고 비밀 쪽지가 Karma Police에 배달된다 알파벳 서장! 난 당신이 추적 중인 연쇄살해범 알레프요 밤마다 죄의식에 시달리고 있소 죽은 자들이 죽은 말을 타고 나의 침실로 달려오는 악몽에 시달리고 있소 부탁이오 오늘 밤 나를 죽여주시오

서장은 옥상으로 올라간다 동쪽 도로를 바라본다 권태롭다 서쪽 광장을 바라본다 권태롭다 남쪽 로봇 단지를 바라본다 권태롭다 북쪽 비행장을 바라본다 권태롭고 권태롭다 탄환을 장전하고 쪽지에 그려진 약도를 따라 알레프가 머무는 모래빌딩으로 간다

2층 옆에 3층이 있다 3층 위에 1층이 있고 2층 밑에 4층이 있다 지하실은 유폐된 섬처럼 공중에 떠 있다 빌딩 밖으로 우주선들이 날고 있다 서장은 나선 엘리베이터를 타고 타임 재생실로 간다 시계들이 흰 피를 흘리는 벽 아래 알레프가 울고 있다 어깨엔 날개가 등엔 붉은 지느러미가 돋아 있다

바닥엔 세계지도가 음각으로 새겨져 있고 천장엔 우주의 천궁도가 양각으로 새겨져 있다 서장이 발을 옮길 때마다 벽에서 모래가 흘러내린다 오른쪽 창으로 고대의 설원이 보인다 왼쪽 창으로 3천 년 후의 지구가 보이고 어둠 속으로 무수히 명멸해가는 행성들이 보인다

알레프가 고통스럽게 말한다 난 시간의 몸, 더이상 불멸
을 원하지 않소 불멸은 환멸이오 어서 나를 사살하시오 서
장은 말없이 알레프의 눈을 바라보다 권총을 발사한다 탄
환이 알레프의 심장에 정확히 명중된다 그러나 그의 심장
은 텅 빈 진공이다

갑자기 알레프가 차디차게 웃는다 길고 파란 혀로 서장의
목을 휘감고는 얼굴을 핥는다 서장의 관자놀이에 총을 대고
말한다 알파벳 서장! 내게 죄의식이란 털끝만큼도 없소 잘
가시오 탕! 서장의 뇌를 관통한 탄환이 어둠 속을 날아온다
머나먼 미래에서 발사된 탄환이 너의 심장을 향해

## 탈옥수들

글자들이 권총을 쏜다
글자들이 권총을 쏘며 튀어나온다
장난감 늑대들이 마른 피를 흘리다
권총을 쏘며 튀어나온다
나는 안으로 정오는 밖으로 심장이 뚫린다
아이는 도주하며 사살된 비를 찾는다

글자들이 꿈틀거린다 변기처럼
글자들이 혓바닥을 날름거린다 장미처럼
장난감 여우들이 모래 피를 흘리다
권총을 쏘며 튀어나온다
나는 밖으로 정오는 안으로 동공이 뚫린다
아이는 비의 발자국이 휘발된 계단을 오른다

연필은 전복된 필연
연필은 전복된 우연의 장갑차
내 눈알을 발사해 빌딩 숲으로 날려보낸다
내 머리를 발사해 빌딩 숲으로 날려보낸다
빌딩 사이로 글자들이 달린다
탈옥한 글자들이 총을 쏘며 빌딩 숲을 달린다

자동차가 사살된다
시계탑이 사살된다

도서관이 사살된다
국회의사당이 사살되고
헌법재판소가 사살된다
장난감 늑대들이 진짜 늑대들을 잡아먹는다
장난감 여우들이 진짜 여우들을 잡아먹는다
나는 땅에서 정오는 공중에서 두개골이 뚫린다
아이는 옥상에서 절박한 허공을 부른다

글자들이 신나게 권총을 쏜다
글자들이 신나게 권총을 쏘며 빌딩 숲을 달린다
사람들이 도주한다
나무들이 도주한다
빌딩들이 도주한다
아이는 울면서 옥상에서 사살된 비를 부른다
태양의 눈빛은 철사가 되어 아이의 눈에 박히고
나는 공중으로 정오는 땅으로 빠르게 휘발된다

# 빨간 돼지를 잡아라

## 상황 C

동공 없는 밤이 눈을 뜬다 하하는 무기수 죄명은 탄생, 하하에게 허락된 유일한 일은 죽음이라는 간수와 말장기 놀이를 하는 일이다 하하는 파란 나라 간수는 빨간 나라가 되어 장기판에 마주 앉는다 간수가 오늘의 새 말들을 소개한다 包는 대포 車는 거미 象은 코끼리 馬는 들국화 包는 넥타이 車는 발전소 卒은 파리 또는 장관 王은 너 혹은 빨간 돼지, 간수가 오늘의 장기놀이 제목을 말한다 피살되는 너!

## 상황 0

규칙 1. 들국화는 달이 뜨면 사마귀를 잡아먹는다

규칙 2. 경찰의 고유 임무는 파리 보호다

규칙 3. 모자에 오줌을 누면 새가 되어 날아다닌다

규칙 4. 넥타이로 발전소를 묶는 방법 3가지를 상상하라

규칙 5. 빨간 돼지를 잡아라

## 상황 S

게임이 시작된다

너를 제거하기 위해 들국화가 핀다

너를 제거하기 위해 모자에서 코끼리가 나온다

너를 제거하기 위해 대포와 연필이 발전소로 간다

너를 제거하기 위해 살인청부 개가 주차장에 나타난다

너를 제거하기 위해 (계속 이어가시오)

**기록 M**—간수가 영국 작가 book과 둔 말장기 〈싸움〉 부분
죽음의 책 앞에 book의 펜이 있다
펜이 움직이자
책 뒤에서 구렁이 여자가 나온다
펜은 달을 삼킨 벼랑으로 간다
하늘에서 천천히 식탁이 내려와 언덕에 놓인다
식탁 아래로 핏물이 흐른다
핏물은 곧 능선을 넘어 book의 집을 덮친다
펜이 여자의 몸을 휘감고 벼랑 아래로 떨어진다
죽음이 책을 들고 웃는다


**기록 O**—간수가 실어증 환자 Giggle 씨와 둔 〈미사〉 부분
간 앞엔 피아노가 있고 해안선이 보인다
모래에서 나온 알몸의 남자가 피아노에 앉는다
새들이 날아간다
간수는 심장을 집어 피아노 앞에 놓는다
남자는 연주를 시작한다
피아노 소리에 맞춰 심장은 뛰고
건반 사이로 말미잘이 나와 흐늘흐늘 춤춘다
새들이 해변의 묘지로 날아간다
남자가 가사 없는 미사곡을 부르는 동안
피아노가 흘리는 피가 소리 없이 모래밭을 적시고

**상황 S**

　어떤 수형자는 불안을 못 견뎌 스스로 형을 집행하기도 한
다 간수는 하하에게 그의 집행 날짜를 알려주지 않는다 게
임을 이기면 그때 알려주지! 간수는 늘 그렇게 말하며 담배
를 피울 뿐이다 복도에서 구둣발소리가 들린다 시간이라는
털 복숭이 교도소장이 복도를 지나가고 있다 간수에게 누군
가의 사형집행 명령을 내리기 위해

# 고고는 고고고 다다는 다다다

막이 오른다.


(무대 중앙 둥근 조명. 복화술사 다다가 의자에 앉아 있다. 손엔 빨간 인형 릴라. 복화술사 앞엔 검은 의자. 관객이라는 배우가 앉아 있다. 둘 사이로 흰 커튼이 내려져 있다.)


다다: (관객에게) 당신은 악몽이오.
관객: (다다에게) 당신은 누구고 왜 제 꿈에 나타난 거죠?
다다: (인형에게) 어젯밤 유괴된 어린 딸이 살해되었어.
        연극할 기분이 전혀 아니야. 오늘 공연을 취소해야겠어.
릴라: (관객에게) 거짓말이에요. 오늘 아침 아파트 계단에서
        딸을 봤어요. 어서 커튼을 올리고 연극을 시작하라고 하세요.
다다: (관객에게) 난 당신을 초대한 적이 없소.
        미안하오. 요금을 환불해드릴 테니 돌아가시오.
릴라: (깔깔거리며 관객에게) 믿지 마세요. 당신은 현실입니다.


(복화술사 벌떡 일어나 인형을 바닥에 팽개친다. 인형의 빨간 눈알이 떨어져 커튼 밑으로 굴러간다. 관객은 발밑으로 지구처럼 굴러가는 눈알을 오래도록 바라본다. 침묵이 흐른 뒤)


릴라: (다다에게) 개새끼! 왜 날 이 지경으로 만들어놓은 거야?
다다: (인형에게) 넌 새빨간 거짓말쟁이니까!

다다: (관객에게) 처음부터 잘못됐어요. 당신도 나도 이 극도 시
간도! 애초에 당신은 이 환몽의 사실극을 보러 오지 말았어
야 했어요.
관객: 전 쫓기고 쫓기다 여기까지 온 겁니다.


(조명이 작아진다. 조명이 빈 허공을 비춘다. 혀들이 떠돈
다. 관객이 일어나 천천히 커튼을 젖힌다. 아무도 없다. 검
은 염산구름 고고가 흐늘거릴 뿐 복화술사는 보이지 않는
다. 관객이 깊은 숨을 내쉰다. 구름이 관객의 호흡기를 타
고 몸속으로 침입한다. 관객의 눈이 녹는다. 귀가 녹는다.)


조명이 꺼진다. 어둠 속에서 어둠의 흰 눈꺼풀들이 하나
씩 열리고.


떠도는 혀들: (복화술사의 목소리로) 연극은 이제 끝났습니다.
춤추는 혀들: (빨간 인형의 목소리로) 연극은 이제 시작됩니다.


(관객 뒤의 관객들이 일어서며 욕을 한다. 무대로 의자를
집어던진다. 빈 병을 집어던진다. 그때 깨진 유리 조각 사
이에서 피범벅이 된 말 한 마리 날개를 펴고 날아오른다. 객
석을 지나 공연장 밖의 빌딩 숲으로 날아간다. 숲은 숲 자체
가 거대한 무대이고 가면암투극이 24시간 공연 중인 극장.)

막이 오른다. 무대는 회색 대도시. 뉴욕, 도쿄, 파리, 혹은 서울. 거리엔 멩거스펀지 빌딩들, 부피 0 표면적 ∞인 입방체 기하도시 기하인간들.

무대 중앙엔 둥근 태양. 당신이라는 이름의 마네킹 다다가 벤치에 앉아 있다. 손엔 빨간 인형 릴라가 나오는 시집 『오렌지 기하학』. 당신 앞엔 검은 콘크리트 광장. 피투성이 말이 서 있다. 검은 유령 고고가 타고 있다.

검은 광장: (빛 속에 서 있던 나무들이 다다를 향해 천천히 걸어온다.)
검은 말: (마네킹에게) 당신은 누구고 왜 제 꿈에 나타난 거죠?
유령 고고: (당신에게) 이제 그만 시집을 덮고 뒤를 돌아보아요.
　　　　　　난 언제나 거기 있어요. 당신의 가면을 쓰고.

* 릴라(Lila): 가능성을 말하는 것으로 신들의 장난을 뜻함.

# 직선 트랙을 달리는 다섯 마리 경주 말

아무도없는캄캄한방에서의자가기침을한다꽃병이각혈을한다화초들은말라가고거울은

여객기가 달린다

소리없이금가는하늘추적추적겨울비가내린다빈방에서빈방이운다유리컵들이쏟아지고

파도가 달린다 흰 콧김을 푸푸 내쉬며

잠긴서랍속에서빛은녹슨다시집들이기침을한다눈을찔러자해한시계방바닥에길게누운

죽음이 달린다

제그림자바라보며생의고통과절망을안으로숨긴채의자가삐걱거린다밤의이마가파랗다

갈기를 휘날리며 8행이 달리고

아무도오지않는춥고고독한방삐걱삐걱기다리다지쳐가슴과관절이녹아버린쇠의자하나

알질러를 앞질러 달린다가 달린다

비명없이무너져내린다창백한대기별없는한밤벽면가득핏방울들이소름처럼돋아오른다

# 개미들을 위한 백지 모텔

개미개미개미개미개미개미개미글자들이까맣게몰려온다▶101호

땅굴 파던 개미 땡볕에서 죽은 동료 나르던 개미 돌에 머리가 깨진 개미 유리에 발이 찔린 개미 눈을 다친 개미▶202호

오토바이처럼 생긴 개미 구두처럼 생긴 개미 틀니처럼 생긴 개미 아령처럼 생긴 개미 스모 선수처럼 생긴 개미▶303호

돈키호테개미 카사노바개미 차이콥스키개미 파우스트개미 악령개미 미라개미 드라큘라개미 사이보그개미▶404호

온종일 종이컵 테두리만 888바퀴 돌던 강박증개미 환각증개미 우울증개미 자기를 늑대로 확신하는 낭광증개미▶505호

거미공포증개미 바늘공포증개미 빗방울공포증개미 꽃공포증개미 시계공포증개미 인간공포증개미 중력공포증개미 사랑공포증개미 개미귀신공포증개미 개미공포증개미▶606호

몸 파는 개미 접대부개미 노래방개미 댄서개미 파출부개미 청소부개미 콜걸개미 레즈비언개미▶707호

관절염개미 신경통개미 소아마비개미 뇌성마비개미 고혈압개미 당뇨개미 위암개미 치통개미 치질개미▶808호

지치고 아픈 개미들이 까맣게 몰려와 잠든다▶909호

## 왼손잡이 상상책

내가 읽기 시작하면

영안실에서 낱말들은 왜 우는가?

그 둥근 자궁 속에서

입술 가득 푸른 피를 흘리며

분만실로 낱말들은 왜 돌아가는가?

그 둥근 무덤 속으로

물새들을 날아가게 하는 (이 책이)

정오가 되면 방향이 선명한

지하실에서 낱말들은 왜 악몽에 시달리는가?

백합처럼 난처럼

캄캄한 침을 흘리며 자다가

자정이 되면 방향을 알 수 없는

광장으로 낱말들은 왜 도주하는가?

그 광활한 거미줄 속으로

빛을 내뿜으며 아기처럼 웃는 (이 책이)

하늘에서 낱말들은 왜 먹구름이 되는가?

부채처럼 펼쳐졌다

바다로 낱말들은 왜 빗방울이 되어 떨어지는가?

깊이를 알 수 없는 無 속으로

접히며 내가 상상할 수 없는

물고기가 되어 사라진 (이 책이)

해저에서 낱말들은 왜 공기방울이 되어 지상으로 다시 떠오르는가?

비 내리던 어젯밤

四向으로 사향(辭香/死香/思香/麝香)을 발산하며
       폭발하며 팽창하는 사막이자 빙하인
이곳으로 낱말들은 왜 계속해서 회귀하며 생멸하고 침묵하는가?

# 아프리카

그리고는 검다
발톱을 세우고 풀숲에 숨을 죽이고 기다리다
얼룩말이 지나가자 번개처럼 덮친다

그러나 달려온다
성깔이 사납고 갈기가 무성한 그러나
말을 강탈해 말의 심장과 내장을 먹는다

그리고는 나무 위로 달아나
사라지는 말의 얼룩과 살점들을 바라본다
핏속에서 드러나는 말의 흰 뼈

그런데 난다
검은 날개를 펴고 빙빙 하늘을 돌다 내려와
말의 주검의 잔해들을 쪼아 먹는다

그러자 빗속을 달려온다
하이에나 소리를 내며
말의 뼈를 부수어 깨끗이 먹어치운다

# 북치는 아이들

두두둥두두둥두두둥~ 도도동도도동도도동~
뚜두둥뚜두둥뚜두둥~ 또도동또도동또도동~


다다당다다당다다당~ 따다당따다당따다당~
도도둑도도둑도도둑~ 또도둑또도둑또도둑~


또동 또동 똥똥똥~ 또동 또동 똥똥똥~
따당 따당 땅땅땅~ 따당 따당 땅땅땅~


뚜둥 둥 뚜둥 둥둥~ 뚜둥 둥 뚜둥 둥둥~
또당 당 또당 당당~ 또당 당 야당 여당~


둥 두둥 둥 두둥 둥둥~ 두둥 두둥 둥둥두둥~
뚱 따당 뚱 따당 뚱땅~ 뚱땅 뚱땅 얼렁뚱땅~


당 타당 타~ 당 타당 타~
당타 당타 당타 당타 당타 당타 당타 당타 당타타타타타타……


탕 탕 탕 탕 탕 탕 탕 탕 탕!

# 알몸으로 계단을 오르는 투명한 여자


말할 수 없는 ················역사는 조각난 손가락
문장이 손으로··············벌레 먹은 혀를 화분에 키운다
말한다·················말이 북쪽에서 벌을 몰고 오리라
얼음이다 빛은··············우주가 몸으로 내뿜는 혈액
돌로 된 무지·················개가 하늘을 떠돈다
검은 공간에서················분산되는 언어의 흰 피
나무는 아기를 낳는다··············늑대라는 의자
말이 생략된 계단은 시간················혀들이 노래한다
계단 좌우엔 검은 꽃들·············이미지는 눈이 없다
죽음의 꽃밭에 앉아··············식사놀이 하는 유령들
삶은 살을 먹는다··············입에서 계단이 쏟아진다
내 목을 쳐라··············무언의 사형집행실인 우주여
솟구친다···············태양이 침몰한 해저에서
썩은 피··············눈물이 광증을 몰고 오면
남자인···············변기가 인간을 낳는다
박제된 문장들···············수평선에서 수평을 자르는
피가 녹슨다··············검은 배 검은 악기
삶엔 도돌이표가 없다··············음표가 된 여자들

# 라자의 가시나무새는 왜 강변에서 우는가
─말풀들 사이로 지나가는 두 척의 카누와 노 젓는 흑인 원주민들

달빛 따라 달빛 따라
주홍빛 여자 라자

왼쪽 ─ **계단** ─ 오른쪽                    분만실에서
소리친다 ─ **밑의** ─ 화분에서              달빛을 먹고
노랗게 ─ **죽은** ─ 해바라기                아기는
증발한 ─ **바다** ─ 사산된                  어둠 속으로
푸른 ─ **촛불** ─ 들이                      날아간다
불탄다 ─ **들이** ─ 초원이                  가시나무
불타고 ─ **웃는** ─ 깃털들                  새

날개                    접고 ─ **말은** ─ 우물 속으로
추락한다 책은          글자들의 ─ **정원** ─ 밤은 여자의
외마디 비명과          망각의 ─ **땅속** ─ 숨구멍으로
소멸한다                개미들 ─ **귀가** ─ 한다 개미굴
인간의 육체는          공중에서 ─ **노란** ─ 달의 동공이
찢어진다 생은          잿빛 구름 ─ **접시** ─ 위의 벌거벗은
치킨, 웃는다
포크와 나이프를 든
죽음의 하얀 입술

# 언어는 무엇일까?

경보 선수다( )
날씬한 허리를 만들어주는 훌라후프다( )
뚱뚱한 여성을 위한 최신식 러닝머신이다( )
행글라이더다( )
오토바이다( )
놀이용 럭비공이다( )
놀이용 미끄럼틀이다 ( )
아니 밤무대 댄서다( )
홍길동이라는 18세 웨이터다( )
정신없이 돌아가는 사이키 조명이다( )
살살 꼬리치며 다가오는 꽃뱀이다( )
손끝만 만져도 어머 부끄러워요! 내숭 떠는 여자다( )
그러다 밤마다 침대에서 남편을 기절시키는 여자다( )
담배는 안 피고 바람만 피는 여자다( )
언어는 양파다( )
언어는 달걀이다( )
언어는 매춘부다( )
언어는 폭발물이다( )
언어는 얼음으로 만든 난로다( )
팔각의 사각형이다( )
해변의 나체족이다( )
살랑살랑 엉덩이를 흔들며 다가오는 죽음이다( )
다가와서는 내 속옷을 하나씩 벗기는 절망이다( )

그러고는 단숨에 나를 덮쳐버리는 우울이다( )
언어란 무엇일까?
아침엔 방울뱀 저녁엔 카멜레온( )
정오엔 가브리엘 천사 자정엔 드라큘라( )
언어는 날마다 거짓말만 하는 나라는 앵무새다( )
바로 당신이라는 이름의 만 원권 위조지폐다( )
맞다고 생각되는 요강에 요염하게 소변을 보시오

## 문장분열증 테스트

백지병원이다 복도로 환자복을 입은 글자들이 걸어다닌
다 나는 313호, 서술되는 13인의 소녀들, 입술에서 파란 산
이 흘러내리고 있다 흰 가운의 여의사 여백이 테스트 용지
를 내민다


  1. 문장이 나를 조종하여 사고하게 만드는 것 같다( )
  2. 문장이 나를 헤칠 것 같아 두렵고 초조할 때가 있다( )
  3. 어떤 문장을 만나면 못 본 척하고 그냥 지나치고 싶다
( )


복도 끝엔 휠체어, 구름이 타고 있다 분만실 문이 열리
자 붉은 컨테이너를 가득 실은 배가 나와 공중으로 출항하
고 벽엔 웃는 피, 약에 취한 낱말들이 휘청휘청 복도를 걷
고 있다


  4. 낱말들이 거미, 손, 새 같은 생물로 보이곤 한다( )
  5. 문장들이 철근, 레일, 구리젓가락 같은 광물질로 보이
곤 한다( )
  6. 문장을 읽을 때 나도 모르게 발을 떨거나 손톱을 물어
뜯곤 한다( )


시간은 서술되면서 타살되는 타동사, 소녀들의 귀가 일제
히 까마귀가 되어 복도 끝으로 날아간다 드릴 모양으로 회

전하는 피, 환자들의 눈 속에서 바늘들이 짖는 소리 들리고


　7. 문장이 뱀 혹은 목을 매기 좋은 밧줄로 보이곤 한다( )
　8. 문장들 때문에 불면증, 우울증에 시달린 적이 있다( )
　9. 문장을 읽다가 문장에 없는 성적 공상을 하거나 환청
을 듣곤 한다( )


비명을 지르며 긴 머리 낱말이 복도를 달린다 영안실 문이
열리자 모래를 가득 실은 비행기가 나와 이륙하고 벽엔 우
는 피, 흘러내린 산이 검은 털투성이 짐승이 되어 일어선다


　10. 글자들이 나를 욕하거나 비웃는 것만 같다( )
　11. 글자들이 벌 떼가 되어 나를 집단 공격할 것만 같다( )
　12. 와인, 데킬라, 코냑, 보드카 같은 음주 단어를 떠올리
면 그 속에 누가 몰래 독을 탔을지도 모른다는 의심이 든
다( )
　13. 거울은 아무것도 없는 백지라는 말에 동의한다( )


짐승이 의사를 조각조각 삼켜버리더니 창을 깨고 뛰쳐나
간다 너도 313호, 소녀들이 낳은 13인의 핏덩어리 노파들,
일렬로 창가에 서서 백지 밖의 세계를 바라본다 벽들이 깔
깔거리며 증발하기 시작한다

# 사과의 2차원 균등분할

1. 수평면
명료한 제로(0)궤도다
명료한 여자가 식탁우주에 수평으로 앉아
명료한 포크를 응시하고 있다
명료한 여자가 찍은 접시 위의 지구를 본다
명료한 동공에 명료한 초침이 박힌
명료한 당신의 명료한 머리가 검은 피를 쏟으며
명료한 빛의 후면으로 무한히 사라지고 있다 동시에
명료한 나이프가 날아와 자르는 지구의 내부를 본다
명료한 시계가 명료한 피를 흘리며 태초의
명료한 침묵 속에서 날아오른다

2. 수직면
불명료한 무한(∞)궤도다
불명료한 남자가 식탁우주에 수직으로 앉아
불명료한 포크를 응시하고 있다
불명료한 남자가 찍은 접시 밑의 지구를 본다
불명료한 안구에 불명료한 숫자가 찍힌
불명료한 당신의 불명료한 머리가 흰 피를 쏟으며
불명료한 어둠의 전면으로 부각되고 있다 동시에
불명료한 사과가 날아가 박히는 神의 머리를 본다
불명료한 거울이 불명료하게 깨져 우주에서
불명료한 피로 응고된다

**제목**

① 처음 제목은 〈공군비행단 전투대대 소속 대위〉였다 3년 전부터 〈첩보부대 비밀요원으로 활동 중〉이다 현재는 〈요르단 게릴라 기지에 파견되어 특수임무를 수행 중〉이다

② 제목은 공중에서 낙하산을 타고 지상으로 내려온다 03시부터 45분 동안 암살할 요인의 취침 공간, 폭파할 건물의 위치, 침투 코스를 되새기고 있다

③ 제목은 어둠 속을 내려오다 낙하산이 송전탑에 걸린다 돌발 사태다 긴급 구조가 절박한 비상 상황이지만 구조를 위해 또다른 요원이 투입될 가능성은 희박하다

④ 제목은 낙하산 줄에 휘감겨 있다 얼마 후면 동이 틀 것이고 적에게 발각되어 사살될 가능성이 크다 계속 구조 무전을 치지만 제목이 생존할 가능성은 제로에 가깝다

⑤ 제목은 현재 지상 213미터 상공에 매달려 있다 고공 낙하 전문가이지만 밤의 장애물은 베테랑도 위험하다 서서히 동이 트기 시작한다 제목은 권총을 뽑아 제 목에 겨눈다

⑥ 제목은 본국에 아내와 두 아이가 있다 제목이 자살하지 않으면 제목은 처참히 사살되거나 고문 후 공개 처형될 것이다 제목이 죽으면 어떤 사태들이 벌어질 것으로 예상되는가?

**다음 중 김참 시인이 열대어를 기르기에 가장 적합
한 어항은?**

㉮ 유리로 된 이 문장은 사과어항이다

씨방 속에서 금붕어가 잔다 빨간 면도칼처럼 잠을 자다가
내가 읽으면 어항 밖으로 튀어나온다 내 귀를 건드리고 창
밖으로 헤엄쳐 간다 귀는 소리 없이 바닥으로 떨어지고 어
항에서 아가미 예쁜 달이 떠오른다 눈이 큰 소녀 빨강이 나
온다 Il Volo 음반을 틀고 홍차를 끓인다


㉯ 다섯 개의 줄이 달린 이 문장은 기타어항이다

뽀글뽀글 찻물은 끓고 울림통에서 새우들이 눈을 깜박이
며 날 쳐다본다 물풀 사이에서 해마들이 높은음자리표처럼
웃는다 어항이 숨을 쉴 때마다 어항의 입에서 흰 구름이 나
온다 어린 물고기들이 헤엄쳐 나와 소녀의 눈썹에 앉는다
의자 밑에서 귀는 금붕어처럼 파닥거리고


㉰ 물레방아가 도는 이 문장은 수박어항이다

홍차 향이 거실 가득 퍼진다 시간은 물빛으로 돌고 난 어
항으로 들어가 논다 내 몸은 점점 비늘로 뒤덮이고 팔다리
는 없어진다 등줄기에 지느러미가 돋자 소녀가 웃는다 홀
짝홀짝 홍차를 마시며 쳐다본다 내 눈에선 소리 없이 피가
빠져나가고


라 소녀가 탄 이 문장은 비행기어항이다

찻잔을 내려놓고 소녀는 떠난다 귀를 들고 머나먼 語港으

로 떠난다 나는 내가 헤엄치던 어항들이 빠르게 변하는 것
을 본다 물이 증발한다 빛이 사라진다 색이 사라진다 빈 찻
잔에서 빈 새들이 날아오르고 직사각형으로 깊게 파인 묘지
바닥에 누워 내가 파닥거린다

**오렌지 행성**


**1. X축**
당신이 접힌 초원이면
　　　　　나는 접히며 번지는 불
　　　당신이 아프리카 평원이면
나는 질주하는 들소 떼
　　당신이 숲의 이발사면
　　　　　나의 비행기는 수염을 깎아요
당신은 고양이
　　　나의 구름은 쥐수염을 길러요
　　　　　　당신은 사과나무
　　나는 불알이 열리는 나무
　당신이 토요일이면
　　　　　나는 문을 여는 식물원

**2. Y축**
당신은 스케이트 선수
　　　　봄은 경보 선수
　　　　　당신은 고속터널
　　여름은 질주하는 오토바이
당신은 주홍색 유방
　　　　　가을은 젖을 빠는 늑대
　　당신은 태양의 흑점
겨울은 폭약을 달고 날아가는 새

당신은 눈보라
　　　낮은 소나기
　　　　　당신은 꿈꾸는 돌
　　밤은 돌 속에서 환상을 보는 새
당신은 황금빛 복숭아
　　　　　시간은 씨앗 속의 애벌레

## 3. Z축

당신은 떠도는 자궁
　　　　　나는 돌 속을 헤엄치는 어류
　　　당신은 날아오는 탄환
나는 심장에서 날아오르는 새
　　　　당신은 좌우로 늘어나는 뱀
　　　나는 상하로 길어지는 손가락
　　당신은 날름거리는 혀
나는 검은 스피커
　　　　　당신은 허공을 뒤덮는 먼지
　　　나는 날아가는 얼음
　　당신은 하늘로 흐르는 황산
나는 백색 어둠
　　당신은 진공을 날아가는 눈동자
　　　　　나는 무중력 행성

## 4. T축

당신은 응급실               나는

          탈출하는 피

                              당신은 도축장

          나는 황소의 검은 눈망울

                              당신은 죽음의 벼랑

          나는 털투성이 폭포수

당신은 나의 심장               나는

          심장을 켜는 톱          당신은

                    나의 무덤

          나는 무덤 속의 당신

     당신은 나의

                    첫번째 연인 나는 당신의

          마지막 정부

## 사랑

　　　　　　너의 코는　　　　　풍차
너의 입술은　불꽃　　　너는 물소　넌 황소
　　　　백합　내가　　창을 던지면　넌 방패
창백한 욕조　키스하면　빙글빙글　흘러내리는
너의 가슴은　독을 뿜는 뱀 춤추는　살 나의
　　　　거미　너의 발은　　　안개　심장에서
모래무덤　물고기　　　　너는　솟는 피
너의 눈은　지느러미 달린　구름　너는
　　　　표범　바위　　　허공의 배　검은 밤
검은 동굴　너는　　　하늘의 폭죽　나를 내리치는
너의 음부는　늪　　　　너는 천둥　번개
독이 퍼진　너는　　　　　발과　나를 태우고
　　　　창공　뼈로 깎은 의자　함께　날아가는
하얀 이빨의　하늘로　　　쏟아지는　벼랑
　　　　피아노　비상하는　　　　비

## 방향표시판 혹은 스텔스機

초원의말
달리는말
춤추는말
내가잠든**사**이창문을넘어와
내모자**를**쓰고내신사복을입고
내넥**타**이를매고내벽시계를훔쳐
오**른**쪽으로오른쪽으로달아나는말
**검은갈기휘날리며백색초원을달리는말**
초**원**의오른쪽의묘지로도주하는말
비오**는**날이면포도나무아래에서
훔쳐간**내**거울과내시집을보며
훔쳐간내**꿈**과상처를엿보며
꿈꾸는말
왼쪽의말
자궁의말

## 알파벳 형태로 가꾸어놓은 꽃밭

| | | | |
|---|---|---|---|
| 대문 | 잠근다 | 우울한 LIFE씨 | 폭설이 계속되고 |
| 현관 | 잠근다 | 집엔 | 고독 |
| 방문 | 잠근다 | 방엔 | 얼음 |
| 커튼 | 내린다 | 의자 | 운다 |
| 거울 | 금간다 | 벽과 사물들 흰 | 피를 쏟고 마지막 |
| 촛불 | 꺼진다 | 생의 | 검은 |
| 동공 | 깨진다 | 말의 | 심장 |
| 호흡 | 멈춘다 | 종이 | 인간 |
| 시간 | 멈춘다 | 공포 | 영화 |
| 상영은 끝나고 꿈 | 닫힌다 | 길게 | 자막이 내려온다 |

L은 팬지 I는 장미 F는 튤립 E는 국화
빨 주 노 초 파 남 보 나비들이 무지개 꽃밭을 날아다닌다
대문엔 한 마리 현관엔 두 마리 동공엔 하얀 나비 심장엔 검은 나비
꿀벌들이 날아다니며 꿀을 빨아먹는다 생의 꿀 말의 꿀 시간의 꿀
나는 꽃밭 앞에 서서 가만히 바라본다 의자 속으로 사라지는 벌
말의 꽃봉오리에 갇혀 우는 벌 촛불을 향해 맹렬히 날아드는 벌
누군가 남기고 간 지워진 발자국들 지워진 시간들 침묵들

# 만다라미궁

밤은흰귀를열고침묵을듣는다투명한새가공중을날고예서체로般若心經
을쓰고있다어둠속으로하얀입방체가떠온다모서리마다촛불이타고있다창
에서긴손이내려와붓을잡아끌고올라간다붓을쥔나도딸려올라간다입방체
내부엔제로시계가있고ㅁ자옷장에서여자의웃음소리가들린다옷장을열자
백팔개의돌계단이보인다나는촛불을들고계단을내려간다낯선숲이나온다
흰명주옷을입은여자六根이가야금을타며뱀에게젖을물리고있다내가다가
가자뱀은내눈에젖을분사한다나는스르르잠에빠지고여자는내배에오원색
피로만다라문신을뜬다관모양의악기상자에나를넣어계곡물에띄워보낸다
나는꿈을꾼다서른여섯개의캄캄한방에나는갇혀있다내가불안해하자한스
님이다가와말한다방에적힌문자들을잘보거라세개의문자를한번씩만옮겨

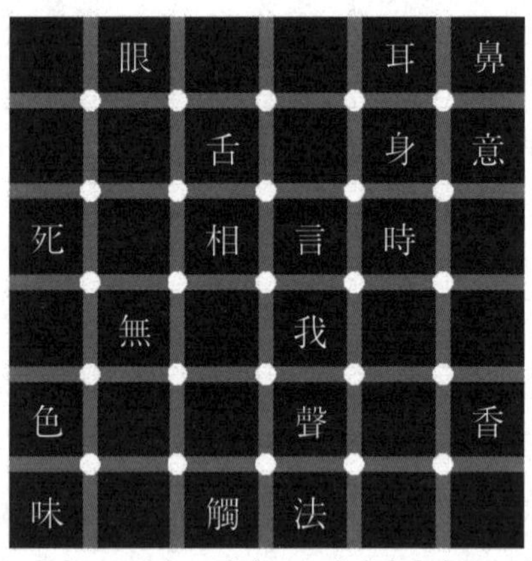

가로세로모두셋씩이되도록균형을맞추어라그럼넌幻視와幻夢에서깨어날수있을지도모른다나는나我를無곁으로옮기고相을죽음死쪽으로보낸다내我가사라진빈자리로말言을부르고말이사라진자리에허공을드리운다그러고는뒤돌아보니스님은없다

연기가되어내머리위를빙빙돌다흩어진다내가꿈을꾸며계곡을떠내려가는동안가야금소리계속들린다소리는위산처럼내꿈의껍질을녹이며전생과내생으로동시에스민다나는폭포수밑으로떨어져흘러가다도자기파편들이반짝거리는시냇가에도착한다

한남자가도끼로가야금을부수고있다阮堂선생이다나를보자백자항아리를
하늘로던진다항아리는하늘에박혀떨어지지않는다내가다가가자선생은갈
고리를항아리에던져걸고로프를타고공중을오른다그가항아리입구에다다
랐을때였다항아리에서가위를쥔주홍색손이나와로프를자른다그는숲의벼
랑으로떨어진다나는얼른뛰어간다선생은흔적조차없고빛속으로검은입방
체가떠온다창에서보드라운손이길게내려와내손을잡아끌고방으로올라간
다벽과바닥에먹물이흩뿌려져있다나의방이다나는안도의숨을길게내쉰다
그때등뒤의 ㅁ자옷장에서여자의웃음소리가들린다붉은혀가살짝문틈으로
나왔다들어간다나는창가로가밤하늘을응시한다공중으로빈악기상자가떠
가고하늘한복판에백지파편이박혀빛난다투명한새가어둠속으로날아간다

## ─당신께 드리는 거울 선물

축하한다오늘은당신의생일이다그러나누군가의기일이고당
신과내가알지못하는어느응달에서꽃은시들고벌레들은짧은
생을마치고있다벚꽃이흰눈썹처럼흩날리는봄밤이다활짝핀
벚나무꽃그늘에앉아한마리새를생각하며홀로술을마신다갓
죽은남편을생각하다그의나머지생을생각하다사살된작은새

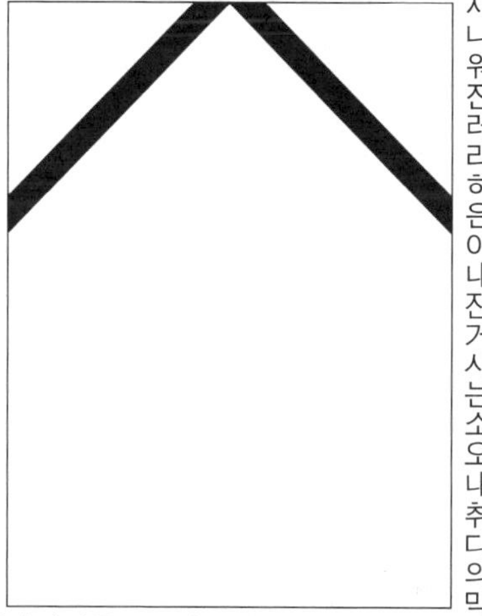

새의부조리한주검을위해검은허공이있고검은숲이있다술병속엔흰구름하나떠있고어두운숲에서어린새들은운다새가일생동안그린허공의상처투성이길들이바람에지워지고새의투명한눈물만술잔에차오른다빈술잔에빈생이가득고여찰랑댄다

새의깃털하나술잔에띄워놓고쓰러진술병이쓰러진꿈을흘리는밤이다허공에서죽은새의울음이달빛으로내리고난술잔을비우고거울을본다사막을휘도는모래바람소리들리고오래전죽은내가웃으며취한나를본다거울속그의등뒤로사막이보인다

시간이늑대처럼떠돌고문자들이모래속에서꿈꾸는사막이다
바람이불자시간도문자도흔적없이지워지고낙타의뼈들이널
브러진언덕위로혼령들만음표처럼떠돈다한잔의물소리도한
컵의그늘도보이지않는저거울속의사하라모래들의웃음소리
계속들려오고누군가또폭풍속으로사라져간다나도당신도선
인장가시로뒤덮인모래의섬!孤道에서Godot를기다리는孤島

2개의 뱀 대가리, 1개의 여우꼬리 1개의 늑대꼬리, 3쌍의 꽃게다리 1쌍의
암수성기를 한 몸에 지닌
돌연변이 검은 전갈

# 축소된 귀신 이야기

접시
　접시
　　접시
　아슬
아슬
흔들
　흔들
　접시
　　넘어질
　　듯
　쏟아질
　　듯
　　쌓인
　접시를
머리에
　이고
　　가는
　　　세계
　　　　라는
　　　　　암캐
　　　　뒤를
　　　쿵쿵
　　쿵쿵
　뒤쫓아
가는
바람난
수캐
　라는
　　언어가
　　　흘리는
　　　　침을
　　　　　핥아
　　　먹는
　　개미
　개미
　시인
　들을
잡아
먹는
개미귀신이
흘리는
　담배연기

# 어느 날 갑자기

낯선 여자가 너를 찾아올 것이다 그러나 함부로 문을 열어주진 마라 문을 여는 순간 여자의 황홀함에 네 영혼은 마취되고 굶주린 야수처럼 너는 여자를 덮치게 될 것이다 속옷까지 모조리 찢어발기고 폭풍처럼 유린하게 될 것이다 그리하여 네 입술이 여자의 목을 타고 내려와 젖꼭지를 휘돌아 검은 음부에 닿는 순간 여자는 번들거리는 손톱을 꺼내 너의 등에 꽂을 것이다 섬세하고 능숙한 솜씨로 너의 등가죽을 벗길 것이다 네가 공포로 떠는 동안 여자는 길고 차디찬 혓바닥으로 너의 뺨을 쭈욱 핥고는 시체처럼 웃을 것이다 시퍼렇게 날이 선 송곳니를 네 심장 깊숙이 박아넣으며 미치도록 널 사랑해! 속삭일 것이다 네가 고통스러워하는 모습을 즐기면서 서서히 아주 서서히 네 숨이 끊어질 때까지 따스한 피를 마실 것이다 어느 날 갑자기 검은 눈 검은 눈썹의 매혹적인 여자가 너를 찾아올 것이다 머리칼이 반짝이는 음표로 된 도발적인 여자가 너를 찾아올 것이다 백송이 장미꽃을 들고 와 애원할 것이다 당신이 보고 싶어 이면 유리밭을 맨발로 달려왔어요 어서 문을 열어주세요! 그러나 함부로 문을 열어주진 마라 그녀는 죽음이고 (   )이니

SOMA

복도에 11미터 혀가 깔려 있다. 천장에서 끈적끈적 침이 떨어진다. 벽을 따라 핏줄들이 나무뿌리처럼 뻗어 있고 달팽이들이 다닥다닥 붙어 있다. 망막이 보이는 계단을 올라가자 노란색 문의 실험극장 SOMA가 나온다. Channel Zero의 제1막 〈집도〉가 공연 중이다. 무대는 주름진 군인병원, 벽마다 인체해부도가 걸려 있다. 무대 중앙엔 초대형 TV, 무대 좌우에 휠체어가 하나씩 놓여 있다. 수직으로 절단된 병사 K가 반쪽씩 휠체어에 앉아 있다. TV에서 상영 중인 이상심리극을 보고 있다.


의사: (환자에게) 지금 몇 시입니까?

환자: (거울 속 늑대를 보며) 오토바이를 타고 터널로 들어갔어

의사: (거울을 바라보며) 왜 그랬죠?

늑대: (의사 뒤쪽 창을 가리키며) 함박눈은 공포의 벌 떼야

의사: (환자에게) 당신은 어젯밤 꿈에서 붉은 거미였다지요?

　　　수면은 충분히 취하고 계십니까?

환자: (소파에서 일어나) 햇빛이 썩는 날엔 위스키를 마셔야만 해!

의사: (환자에게) 진통제를 드릴까요?

늑대: (거울에서 튀어나와 의사의 얼굴을 물어뜯는다)

소파: (붉은 짐승으로 변하더니 척추를 활처럼 휘며 일어선다)

의사: (얼굴을 움켜쥐고 고통스럽게 신음한다)

환자: (쥐처럼 웅크리고) 하천에서 죽은 쥐들이 자꾸만 날 쳐다봐

　　　어서 날 숨겨줘!

조명이 어두워진다. 무대는 빙빙 원을 그리며 회전한다. 간호사가 들어와 채널을 제로로 돌린다. 그러자 무대는 회전을 멈추고 TV 뒤 뚜껑이 열린다. 피범벅이 된 의사가 튀어나와 관객들을 향해 소리친다. 어서 날 숨겨줘! 그때 공중에서 수술대가 내려온다. 녹색 수술복을 입은 염소가 무대 중앙에 나타난다. 휠체어의 반 쪼가리 사내들이 일어나 의사를 수술대에 묶는다. 각각 휠체어를 밀며 TV 속으로 사라진다. 염소가 관객들을 향해 음메에에~ 웃는다. 뇌수술이 시작된다.

조명이 꺼진다. 어둠과 정적이 오랫동안 흐른다. 관객들이 웅성거린다. 관객들이 하나둘 일어나 밖으로 나가고 객석엔 유령들만 남는다. 그러자 다시 조명이 켜진다. 무대 남북에 휠체어가 하나씩 놓여 있다. 수직으로 절단된 의사가 환자복을 입고 반쪽씩 휠체어에 앉아 있다. 무대 중앙엔 반은 여자고 반은 남자인 염소. 제2막 〈해부〉가 시작된다.

염소: (남쪽 환자를 쳐다보다 웃는다) 다 지난 일이야 고통을 즐겨
환자: (객석의 유령과 눈이 마주치자 소리친다) 어서 참호로 숨어!
염소: (차디찬 여자 목소리로) 조용히 해!
환자: (눈 내리는 창밖을 보며) 함박눈은 투하 폭탄이야
염소: (손을 턱에 괴며) 네가 목격한 사체들의 몰골은 어떠했지?

환자: (갑자기 귀를 손으로 틀어막고 초조히 떤다)

염소: (남북 환자를 번갈아 쳐다보며) 너희의 봉합수술을 원치 않
아!

염소: (고개를 끄덕이며 남자 목소리로) 나도 마찬가지야!

환자: (유령들을 쳐다보며) 밤마다 베란다에서 불안이라는 삵이
날 쳐다봐

염소: (북쪽 환자에게) 수면제를 두 배로 늘려줄게 참아!

염소: (남쪽 환자에게) 환각제 주사를 두 배로 놓아줄게 고통을 즐
겨!


조명이 꺼진다. 조명과 함께 더 깊은 어둠 속으로 퇴장하
는 유령들. 해부될 수 없는 해부가 미완으로 끝나고 막이 내
린다. 유령조차 없는 어둠 속에서 제3막 〈침묵〉이 시작된다.

## Z는 사라진다

Z가 (**잠든 사이, 눈먼 노인**)이 방으로 들어온다
　　　　등에 (**천궁도가**) 푸른 문신으로 새겨져 있다 손
　　바닥에 투명한 눈(**알을 받쳐 들고**) 들어온다
책상에 올려놓고 (**밖으로 나간다**) Z는 일어나서 본다 Z
　　　눈을 들여다본다 (**무한지름의 우주가**) 원형 그대로
다 들어 있다 무수한 행성들이 (**보인다**) 지구가
보인다 (**전갈들에게 공격당하는**) 한반도도 보인다
　　　　Z의 방도 보인다 (**하얀 방**) 눈을 바라보는
　　　Z가 보인다 눈을 바라보는 Z를 바라보며
눈을 바라보는 Z가 보인다 눈 속의 눈 속의
　　　눈 속의…… 눈 속으로 (**무수히**) 복제되며 사라지는
무수한 Z가 보인다 Z는 (**떠다닌다**) 불멸의 행성을 찾아
떠난다 똑같은 방이 나타난다 다시 문을 열고 나간다
똑같은 방이 또 (**나타난다**) 방 밖의 방 밖의 방 밖의
…… 방으로 Z는 (**사라진다**) Z는 영원히 방에 유폐된다
유폐는 기나긴 현기증이자 (**허공을 떠도는**) 시간의 돌
　　　Z는 사라진다 Z의 육체와 (**낱말들**) Z의 그림자도
Z의 삶과 함께 영원히 돌아올 수 없는 미궁 속으로

# 시작

끝났다　　　　시간의 왼손은 자신의 음부를 가린 오른손을 자른다
로 시작되어 시작된다　　　언어의 처형지에서 언어가 시작된다
로 끝나는 시작에 종이가 놓여 있다　　　사각형 뱀이 되어
이것은 백지다　　　時空을 잡아먹는 백 개의 혀가 달린 파충류
라고 쓰면 사라지는 백지　　　　그것은 독을 품고 있다
당신의 시작을 위한 無의 백지인 것이다　　　벼랑 끝에서
시작을 시작하라　　　벼랑 아래로 비상하는 백색 까마귀들

시작을 시작하지 않으면 시작은 영원히　　　시작될 폐허
미완으로 남는다　　　死角의 링 아래 어둠 속에서 누가 우는가
시작은 3연으로 되어 있다　　　그것은 천상과 지상과 침묵이다
2연에 따라 완전히 바뀌게 될　　　생의 아픈 여백 속으로
나의 시작은　　　시작 전후와 함께 소멸하고 흑백 꽃비가 내린다
당신의 시작에 의해 이제　　　최초의 문장이 세계가 호흡이
시작된다

# 무위(無爲)의 시학

조재룡(문학평론가)



조재룡(문학평론가)

하염없이 외부를 바라보는 시는 없다. 맹목적으로 사물 속으로 파고드는 시도 없다. 까닭 없이 득도나 지혜를 제시하는 시도 없다. 시는 늘, 내면을 들여다본 다음에야 외부라고 하는 낯선 세계로 촉수를 뻗어대는 것이며, 말에 담기는 순간에 결정되는 사물의 운명과 부메랑처럼 되돌아오는 말의 한계를 자각할 때, 양자에서 새로운 관계를 실험해나갈 수 있을 뿐이다. 소위 깨달음이라고 하는 것도 마찬가지다. 깨달음의 절차와 과정, 예컨대 그 순간순간을 고통스레 적어나가는 행위를 통해서만 가까스로 도달하는 미지의 저 마음 상태가 우리에게 주어질 뿐이다. 그게 아니라면 시는 터무니없는 과장과 모호한 수사로 추동된 현학적 진술에서 좀처럼 비켜서기 어렵다. 누가 시에서 근본적인 물음들을 촉발시켜 인식의 최전선으로 이 난제들을 끌고 오는가? 함기석은 문자와 의미, 존재와 무한, 말의 한계와 가능성, 그 소멸의 과정을 온전히 담아내고자 진지하고도 고통스런 성찰을 전개한 시인이지만, 그가 보여준 시적 모험은 한편으로 냉철한 이성의 산물이자 자유로운 상상력이 결합하며 뿜어낸 결과이며, 말-사물-세계-의미-수-차원-무한-무(無)를 고찰하며 하나씩 점령해나간 자에게 주어지는 영예로운 훈장이기도 하다. 함기석이 애면글면 도달한 미지의 세계는 정밀한 계산과 치밀한 검증을 바탕으로 산출된 것이라는 사실을 미리 말해두어야겠다. 매번 (다시) 태어나는 언어적 실천을 통해 의미에서 무한으로, 무한에서 무로 치달으며 시의 본령을 확인하고자, 함기석은 온갖 통념을 거부한 바로 그 상태를, 그 짧은 순간을 수학적 사유에 의지해 적시해낸다. 자기 자신을 파괴하고 나서야 시가 무언가를 다시 고안하려 미래를 향해 힘겨운 발걸음을 내디딜 수 있다고 생각했던 것일까? 시의 재료이기도 한 언어, 그 언어에 가해진 통념과 속성, 쉽사리 걸머졌다고 말하는 의미 생성의 경로를 낱낱이 파헤쳐 그 허점을 밀고하는 데 있어서 함기석만큼 앞서 나간 시인을 찾기 어려운 것도 이 때문이다. 여전히 진행 중인 그의 실험은, 따라서 언어를 맘껏 향유하는 것같아도 익숙해진 협약이나 통념을 탄핵하고 또 전복하는 데 바쳐지며, 우리를 가두고 있는 사유의 감옥을 부수는 그 비판의 방법조차 고민하게 만든다. 고통스레 끝까지 밀고 나간 자가 획득한 섬뜩하고도 예기치 못한 결과이자 사유의 포화상태에서 터져나온 고통의 퍼포먼스라면 모를까, 멋대로 꾸려낸 지적 유희나 수학적 실험을 가장한 메타기호의 무분별한 차용은 함기석의 시와는 사실 아무런 상관이 없다. 그렇다면 그는 어떻게 무의 상태에 이르는 것이며, 그것을 지금-여기에 어떤 방식으로 소급해내는 것일까? 왜 함기석의 시에는 순간순간 미끄러지듯 도달하는 사태가 있을

뿐, 결말이나 결론을 찾아보기 힘든 것일까? 수학이나 언어
에 저 결말이라고 하는 것이 존재할 수 없는 것처럼, 함기석
의 시는 오히려 무한을 사유하고, 거기서 무에 이르는 길을
쟁취해내는 데 바쳐지는 것은 아닐까? 방법과 절차를 보아
야 한다. 시인이 성취해낸 인식의 트임을 헤아리는 일이 결
국 과제로 남을 것이기 때문이다.


 1. 詩作과 始作과 試作


  함기석의 작품에서 詩作은 始作하는 동시에 거개가 試
作으로 이어진다. 가령 첫 작품의 아래와 같은 대목은 시집
전반에서 복잡한 수학적 개념들을 연동시키고 여기에 온갖
언어 실험을 포개놓는 방식으로 일련의 실험이 감행될 것이
라 예고하는 출발선이라고 보아야 한다.


    3차원의 내가 1차원의 나를 초대해
    2차원 마을에 사는 나를 찾아가는 상상을 한다
    상상은 피로 물든 백지와 함께 나를 찾아온다
    ―「오렌지 기하학」 부분


  글과 사유, 시 창작의 과정을 수학과 결부시켜 제반의 물
음을 확장시켜나가는 작업, 그 과정에 "피로 물든" 고통은
왜 찾아오는가? 함기석은 창작의 비밀로 보이는 고통스런

심정과 그 지향점을 고백의 서사에 기대어 이렇게 적어놓
았다.


친구야, 지구만한 쇠공에
100만 년마다 파리가 한 마리씩 날아와
잠시 앉았다가 떠난다고 할 때
그 쇠공이 다 닳아 없어질 때까지 걸리는 시간
그 시간조차도 우주에서는 찰나라지


너의 모순 없는 주장처럼
모순이 없고 충분히 강력한 어떤 공리계에서
증명도 반증도 불가능한 명제가 존재한다면
그건 사랑이고 죽음일 거다
우리의 말과 수학기호, 기억의 불완전성을 우주는
시간의 불완전성 정리로 정리해 명료히 망각할 거다


고양이 핏줄 같은 빛이 내린다
빛은 우주가 자신의 어두운 육체에 쓰는 망각의 유서
나는 지금 제로가 발산하는 무한의 빛을 미분 중이다
푸른 피가 역류하는 저 빛의 혈관들
저 검은 근육의 문체 속에서
우리는 결국 그림자 없는 행성이 될 것이고
그 없는 그늘 속에서 사랑하고 울고 웃다 조금씩 미쳐

발음될 수 없는 낱말이 되는 것이다

나는 제곱하면 음수가 되는 i
세계는 실수와 허수가 샴쌍둥이처럼 결합된 복소수의 시
시간도 죽음도 우주도
공집합을 집합으로 하는 기이한 무한집합이니
친구야, 나의 말은 너라는 무한을 향해
네 속의 캄캄한 우주를 향해 날아가는 혜성들이다
미지수 X처럼 인간은 누구나 불안한 새고 미궁들이고
각자의 명료한 착란 속에서 혹독한 섬이다
네 수학 이론이 네 영혼의 메아리고 파동이고 섬광이듯
나의 말은 진공 속으로 흩어져 사라지는
내 몸의 에코이자 아픈 피건만

오래전 너를 업고 응급실로 달리던 그날 밤처럼
나의 봄은 무릎이 빠져 있고
삶은 지금 여기저기 뼈마디가 탈골되고 있다
친구야, 제로 행성엔 아직도 눈이 내릴까
벼랑 끝에 서 있던 우릴 닮은 모래 눈사람들
아직도 거기 서서 모래의 웃음을 흘리며
계곡 아래로 다이빙하는 빛들의 알몸을 보고 있을까
—「제로 행성—규락에게」 부분

무한을 확인하려면 손가락이 닳아 없어져야 할지도 모른다. 그러나 현실에서 증명할 수 없음에도 우리는 무한을 사유할 능력을 갖고 있다. 일관되게 진행된다고 말해온 시간도 마찬가지이다. 지금-여기에서 회상해보면, 결국 지나온 과거, 심지어 "쇠공이 다 닳아 없어질 때까지 걸리는 시간"처럼, 한순간일 수도 있기 때문이다. 의미의 문제라고 어떻게 "명료한 착란"을 벗어나겠는가? 함기석의 시는 확인할 수 없음에도 존재하는 저 자명하고도 신비한 수학공식, 예컨대 "제곱하면 음수가 되는 i"나 "공집합을 집합으로 하는 기이한 무한집합", 만질 수 없고 확인할 수 없는 "제로"처럼, 인정할 수밖에 없지만 증명의 길이 묘연한 수많은 현상과 상황 속에서 살아야 하는 우리의 처지를 각성하는 것으로 거개의 고민을 만들어낸다. 따라서 불가사의한 인간의 운명이나 우주와 시간과 같은 개념을 수학적 사유를 빌려 시의 중심으로 끌어오지만, 정작 우리가 캐물어야 하는 것은 그의 작업이 왜 인식의 고통을 동반할 수밖에 없는 모험인가 하는 점이다. 함기석이 "너라는 무한을 향해/ 네 속의 캄캄한 우주를 향해" 날아가 "진공 속으로 흩어져 사라지는" "나의 말"에 대한 통찰로부터 '무위(無爲)', 즉 **없음을 만들어가는 과정**을 시 전반에서 녹여낼 수 있는 것은, 삶의 희로애락과 착란("그 없는 그늘 속에서 사랑하고 울고 웃다 조금씩 미쳐") 속에서 누구도 피해갈 수 없는 죽음("우리는 결국 그림자 없는 행성이 될 것")과 그 과정을 "발음될 수 없는 낱말"로 담아내고자 하기 때문이다. 말의 이치나 속성, 말의 작동 방식에 빗대고 또 포개어 "제로가 발산하는 무한의 빛을 미분 중"인 과정을 한편의 시적 사건으로 승화시킨다. 무에 이르는 절차와 과정은 이렇게 말을 통해 검증이 가능한 시의 몸통이며, 이때 차원, 무한, 문자, 소멸 같은 개념이 그 절차를 구성하는 알리바이가 된다.

### 2. 차원: 수학과 말의 결합

누구보다도 먼저, 광활한 우주를 말의 무한성에 포개어 사유한 시인이 있다. 흔히 우주에는 저 끝은 없지만 한계는 있다고 말한다. 함기석은 우주나 수(數)는 물론, 우리가 주고받는 말, 시의 재료인 언어도 그렇다고 생각한다. 우주는 무엇인가? 4차원 공간에 떠 있는 구면(球面) 같은 것이 아닌가. 인간의 비극은 어쩌면 3차원의 형태(몸)로 4차원 공간(시간)에서 삶을 살아가야 하는 사실에서 발생하는 것인지도 모른다. 이런 난제는 어떨까? "어떤 하나의 밀폐된 3차원 공간에서 그릴 수 있는 모든 폐곡선이 수축돼 하나의 점이 될 수 있으면 이 공간은 반드시 원구(圓球)로 변형될 수 있다." 수학의 7대 난제 중 하나인 이 프랑스의 수학자 푸앵카레의 추측은 리만의 가설과 함께 우주의 구성 원리와 무한에 대한 질문을 담고 있다는 점에서 함기석의 시를 이해하는 데 참고할 필요가 있다. 이 수학적 난제를 통해 시인은 '끝은 없지만 한계가 있는 우주'를 기하학적 대상으로 삼아 상상하고 사유하기 때문이다. 무슨 말일까? 만화를 참조해보자.[1]

그림에서 보듯 2차원 공간의 구면, 원을 두 장 준비한 후, 그 경계면을 전부 붙여 팽창시키면 3차원 공간의 구면이 된다. 같은 작업을 거쳐 1차원 늘어난 4차원 공간의 구면도 마찬가지로 늘려갈 수 있다. 이때 3차원 구면을 우주라고 생각하고, 그 속을 로켓을 타고 나아가면 같은 장소로 돌아온다. 끝없이 나아가 환원한다는 순환적 명제와 위상학적으로 커피 잔과 도넛은 위상동형(位相同形, isomorphism)이라는 사실을 기억해두자. 함기석의 시에 접근하기 위해 반드시 필요한 네 가지 전제, 즉 첫째, 총알처럼 나

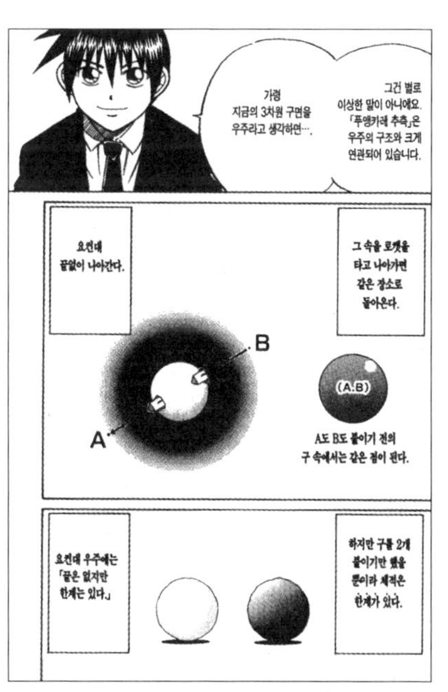


---

1) Motohiro Katou, 『Q.E.D』(29권), 최윤정 옮김, 학산문화사, 2008.

선을 그리면서 무한을 향해 나아가는 말의 저 본질, 둘째, 동일한 구조임에도 서로 다르게 표현되는 것들(커피 잔과 도넛 따위)이 존재한다는 사실, 셋째, 언어의 성질에 빗댄 수학적 원리가 시에서 풀려나온다는 점, 넷째, 이때 상상력이 활개를 펴, 언어-수-차원-무한-무 등이 시의 구석구석을 배회하기 시작한다는 사실이 바로 여기서 도출되기 때문이다.

위치 A. Topological Eye (White)
커피잔(A) 발생한다
말한다(B) 이 도넛 참 먹음직스럽군
말한다(C) 그건 탄환에 관통된 네 머리야
말한다(D) 그건 구멍 뚫린 21C 지구입니다
말한다(E) 웜홀이 뚫린 오렌지 우주라니까요
말한다(F) 로켓이 관통한 태양이라니까요
적는다(G) 동그란 삼각형 안에서
적는다(H) 삼각의 육각형 밖으로
읽는다(O) 달이 초승달일 때 지구는 보름지구
읽는다(P) 인간은 원 원은 불가사리
테이블(Q) 외계의 벌레들이 날아와 뇌를 먹는 곳
만진다(X) 옮긴다(Y) 먹는다(Z)
커피잔(A) 사라진다
—「4개의 회전체 眼球 사이에서 作圖되는 6개의 선과 4개

의 면과 다면체 언어 큐브」 부분

 "커피잔" "도넛" "탄환에 관통된 네 머리" "구멍 뚫린 21C 지구" 등은 위상학적으로는 모두 같은 형태이다. 이 모든 것이 함기석의 시에서 동일한 수학적 원리에 바탕을 둔, 언어의 서로 다른 풍경이자 상상력의 변환이라는 걸 어떻게 설명해야 할까? 그림을 보자.

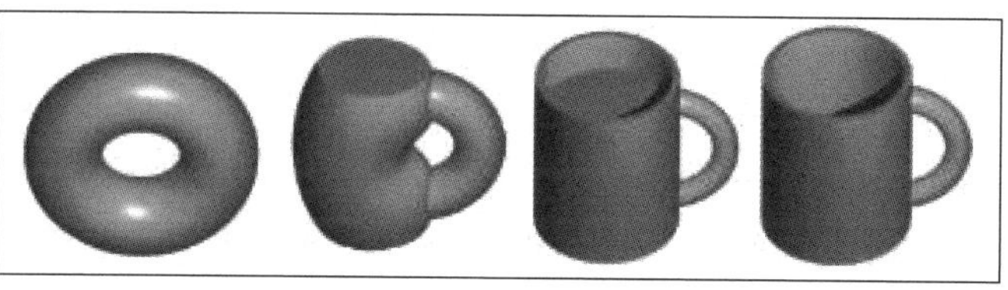

 자, 이해가 되었는가? 그러나 하나의 수학적 원리에서 착안하여 시가 도달한 다양한 언어적 사태는 여기서 마무리되는 것은 아니다. 차원의 눈을 말하는 "위치 B. Dimensional Eye (Yellow)"에서 "1연의 모든 문자들의 굴곡을 펴 직선으로 연결"하는 일이 곧이어 진행되고, "직선에 기술된 모든 문자를 펴 직선으로 재변환"을 하여, "변환된 시간들의 선 그림자 위에 새 문자들을 기록"한 결과, 무한을 사유할 또다른 차원이 시에서 열리며, 그곳으로 시가 달아나기 때문이다.

dimension이 dimension을 기술하면서 무한 증폭함
dimension이 dimension을 반복하면서 무한 파괴됨
dimension 8 dimension 88 dimension 888.........
dimension 88888.....dimension ∞.....dimension 0
—앞의 시


　무한으로 수렴되는 차원을 말로 표현하고 또 담아내는
일은 결국 끊임없는 반복(∞)을 통해 '무(zero)'에 이르
는 결과를 낳는다. 그러고 나면, "위치 C. Psychedelic Eye
(Red)", 즉 환각의 눈으로 바라본 세상이 열리며, 이때 "나
까지 삼키고 위치와 시각을 소멸시"키는 어떤 사태에 직면
하게 된다. 연이어 "위치 D. Spiral Eye (Black)"(나선형의
눈)이 탄환같이 회전하면서 날아가는 진공의 상태를 야기하
고, 시는 "방향에 따라 무한 변환되는 눈"으로 세상에서 제
기되는 온갖 의문과 진지한 고민을 담아내기 시작한다. 중
요한 것은 무한 차원의 변환 과정을 시로 풀어내며, 시의 재
료인 언어의 성질을 바로 이 과정에 녹여낸 다음에야 비로
소 소멸에 대한 근본적인 물음("인간은 왜 멸종됐는가" "문
자는 왜 사라졌는가")이 제기될 수 있다는 사실이다. 수학
은 폼으로 꾸어다 놓은 게 아니라, 무한과 소멸의 절차를 언
어로 담아내는 과정을 드러내기 위해 동원한 장치일 뿐이
다. 수학적 사유에서 얻어온 차원과 회전, 관통과 소멸을 말
의 속성에 결부시킨 이 작업은 따라서 "나는 녹지 않는 문

장을 녹여 사물을 만드는 대장장이"가 되고자 자청하는 합당한 이유로 되살아나고, "눈물은 어디서 왜 오는가" / "절망은 왜 끝나지 않는가"라고 힘겹게 존재를 다그칠 수 있는, 설득력 있는 근거로 자리잡는다. 말-차원-회전-소멸이 수학적 원리에 따라 기능한다는 사실을 놓치면 함기석의 시는 미궁으로 빠져들고 만다. 다양한 차원의 눈으로 시의 공간을 실험하고, 말의 발화와 그 속성을 여기에 맞추어 적시하고자 함기석이 시도하는 이유는, 오로지 이러한 과정을 통해서만 **정직한 방식의 무위**를 시에서 구축해낼 수 있다고 생각하기 때문이다. 뜬금없이 '없다/있다'(소멸과 존재) 중 하나를 무책임하게 시에 던져놓는 것이 아니라, 함기석은 말의 허무한 속성(발화되고 나면 사라지는 성질)과 그 사라짐의 순간(의미가 형성되었다가 이내 빠져나가는 순간), 그 떰나는 과정을 적어낼 실험의 도구로 수학적 테제를 전환하는 데 성공하면서, **수학-말-무의 삼각형**을 채근하며 쌓아올린 독창적인 세계를 구축해낸다. 수학과 말, 무의 결합 양상을 좀더 살펴볼 필요가 있겠다.

# 나는 장소 I이다

살해될 수 없는 아이가 골목에서 살해되었다 토요일 밤 가로등이 켜진 앞의 문장에서 **탄환이 발사된다** 여형사 마이너스는 〈살해되었다〉를 핀셋으로 집어 투명 비닐에 넣고 범인의 발자국이 묻은 문장의 벽을 살핀다 **허공에 구멍이 발생한다** 아이는 심장에 지름 7mm의 구멍이 뚫린 채 코스모스 아래 쓰러져 있다 여형사는 〈없는〉과

〈아이〉 사이로 보이는 공터에서 탄피를 찾아낸다
—「ING 살인 사건」 부분

함기석에게 수학과 언어는 근본적으로 닮은꼴인 동시에 시에서 **무**를 창출해내는 과정을 증명해야 하는 공통된 임무도 짊어지고 있다. '진행 중'이라는 뜻의 이니셜을 제목으로 빼어 문 이 작품에서 "살해될 수 없는 아이가 골목에서 살해되었다 토요일 밤 가로등이 켜진 앞의 문장에서 **탄환이 발사된다**"는 구절은 함기석의 시 전반을 이해하는 데 중요한 역할을 한다. 우선 "아이"(혹은 I, 혹은 ING 사건의 I)는, 수학의 허수(imaginary number) $i$, 즉 $\sqrt{-1}$의 정의처럼, '제곱해서 −1이 나오는 수'이지만, 말이 대상을 지칭하는 순간 대상이 말 안에 갇히고, 이내 사라진다는 사실도 암시한다. 대상에 부여할 수 있는 의미의 무한한 함수가 결국에는 하나로 축소되고 고정되어 대상을 구속하고 만다는 점과, 말 역시 무언가를 지칭한 이후 사라져버릴 운명에 처한다는 것을 뺄셈에 비유해놓은 것이다. 그러니 "마이너스"와 "I"라는 표현, 〈없는〉과 〈아이〉에 삽입해놓은 저 여백, "살해될 수 없는 아이"에서의 음차(허수 $i$의 발음을 적은 것)

는 얼마나 치밀한 계산에 따른 것인가. 여기에, 발화 후 지워지는 말의 속성을 적어낸, 앞서 예로 든 문장이, 〈살해되었다〉를 실천하는 기폭제[√를 벗겨내면(즉, 발화 이후) 곧장 -1이 되니까]로 기능하면서, 이와 동시에 자연수에서 마이너스 상태로의 전환과정 전반을 멀쩡한 아이가 살해되는 추리물(아이가 없어지는, 즉 마이너스의 사건)로 치환해놓았다는 점도 부기해둘 만하다. 두번째 연에서 등장하는 알파벳 N 역시 자연수(Natural number)이며, 추리가 미궁에 빠지는 것은 사건의 "장소 X"가 수학에서 말하는 미지수를 뜻하기 때문이다. 따라서 **"탄환이 발사된다" "허공에 구멍이 발생한다" "탄환은 정지한 채 계속 날아간다" "탄환이 나를 관통한다" "탄환은 계속 수평으로 날아가고" "탄환은 너를 관통하고" "탄환은 그들의 심장부를 관통해 계속 날아간다"**처럼 각각 이탤릭체로 강조해놓은 문장들은, 세계가 지속되는 한, 말도 지속된다는 것과 시를 쓰는 지금 이 순간에 진행 중인 말이 무언가를 지칭하고는 사라진다는 사실을 수학기호의 특성과 범죄를 추리하는 사건의 서스펜스에 맞추어 변환해놓은 결과인 것이다. 수학적 장치 각각의 특징을 응용해 한편의 추리사건처럼 시를 둔갑해놓은 기발한 발상도 그렇지만, 무엇보다도 놀라운 사실은 진행 중인 말(시를 쓰고 있는 바로 그 상태)의 저 설명하기 어려운 속성이, 고스란히 수학의 원리로 구현되며 시에서 미궁에 빠진 사건처럼 재현되고 있다는 점이다. 수학과 말의 이 황홀한 결합을 좀더 살펴볼 필요가 있다.

'임의'를 나타내는 수학기호 "∀"(「몹시 절망한 남자의 몹시 이상한 보행법」)에서 세상에 감정을 부여하고 사람들의 표정을 읽고자 하는 시를 당신은 본적이 있는가. 뒤집힌 알파벳 "A" 꼴인 수학기호에서 "거꾸로 선 빌딩들" "거꾸로 선 사람들"을 착안하여, "갑자기 세상이 뒤집혀 있다"는 전언을 끌어낸 다음, 이 기호를 다시 뒤집어놓은 꼴인 알파벳 "A"를 "뒤집힌 세상 속으로 똑바로 걸어"가는 행위의 주어로 삼는다. 올바르고자 하는, 문자(A)로 대변되는 이 세계에 "∀"가 자기 마음대로(임의로) 정지와 금지를 통고해올 때, 알파벳이 부당하게 겪어온, 이 거꾸로 된 삶은 바로잡힐 것인가? 함기석의 시에서 수학은 '무'를 구축해가는 수단이자 그 구체적인 방식으로 시 곳곳에 스며들어 말의 속성과 하나가 되면서 제 위력을 뿜어낸다. "진공"("검은")-"심장"("푸른")-"노을"("붉은")-"습관"("독")-"칼"("취한")-"피"("아픈")-"톱"("장미"("창"("심장")))-"파도"("마녀"("방문"("부순다")))) 순으로 연상에 기댄 도입 부분과 "기차"-"하얀 외투"-"하얀 모자"-"창가"-"촛대"-"도망"-"가위에 둘러싸인 당신"으로 구성된 「대수학—Movements Of A Visionary」도 수학의 대칭원리에 토대한 것이다. 쪼개진 "사과"의 드러난 흰 살에서 착안하여 "당신"의 내면으로의 침투를 시도하는 이 작품은, 사물을 대칭의 형태로 쪼개고 다시 쪼개기를 무수히 반복하는 대수학의 원리를 구현한 것이다. 이때 어휘의 구성과 문장의 배열은 바로 이 대칭적 "작도

(作圖)"의 결과이다. '쪼갬'을 통해 열리는 당신의 내면에 기어이 나를 투영하기 위해 기하학은 함기석에게 필연이었던 것일까. 예지력과 환영이라는 시의 주제는 이렇게 수학적 원리에 근거해, 당신과 나 사이의 상호 침투 과정을 실현하면서 기묘한 완성을 바라본다. "나는 P다" "나는 ~P다" "나는 P∧~P다" "나는 P∨~P다"라는 제목으로 각 연을 구성한 「글자들이 날아다니는 숲」도 수학-말의 조합으로 지어올린 하나의 웅장한 건축물이다. P는 확률론의 개연성(probability)이나 수의 치환(permutation)을 뜻하는 순열의 용어이자 '피(血)'이기도 할 것이다. 그런데, 왜 P와 ~P(not P)의 교집합과 합집합이 "나"라고 말하는 것일까? 확률이나 수열과 대체 '피(血)'가 무슨 상관이 있는 것일까? 그러나 물음은 더이상 필요하지 않다. 상상력을 불러내는 데 필요한 수학공식과 언어의 함수가 이미 한가득이나 주어졌기 때문이다. "형상이 없는 말을 타고" "그림자만 있는 無物나무들"이 가득한 곳을 달리는 나의 등장은 따라서 확률이나 수열과 별개로 생각할 수 없다. "말"은 달리는 말(馬)인 동시에 지금 기술하고 있는 말(語)일 것이며, 따라서 수열처럼 끝없이 나열되거나 생성 중인 그런 언어로 작품을 적어나가는 중이라는 풀이가 가능하다. "가우스"의 정수론과 "장욱(張旭)"의 서체, "갈루아"의 대수학방정식해법과 "회소(懷素)"의 만취한 상태에서 종횡으로 붓을 휘날리는 연면체(連綿體)의 초서가 글자와 글자로 채워진, 내가 탄 말(馬, 語)이 달리는 이 숲에서 울부짖기 시작한다. 필

체의 수학적 변신과 수학의 필체적 전이는, 사건이나 말이 세상에 당도할 가능성을 지칭하는 확률 용어 '개연성'에서 탄력을 얻어내고, 끝없는 조합과 순열의 '치환' 법칙을 제 근거로 삼아, 글과 말에서 의미를 차츰 탈색해나가며(왜? 진행될수록 변환되니까) 무위를 완성하는 데 없어서는 안 될 장치로 거듭난다. 『반야심경』에 등장하는 "是故 空中無色 無受想行識"[2]이나 『금강경』의 한 구절 "若以色見我 以音聲求我 是人行邪道 不能見如來"[3] (「正觀—輪廻, 안구의 回轉운동」)은 따라서 턱없는 깨달음의 주장이 아니라, 수학과 필체의 시적 변환을 통해 성취해낸 '없음'의 표현이자, 또다시 "형상이 없는 말을 타고 달리기 시작"해야 하는, 시인의 인식론적 모험과 실험을 추동하는 경구일 뿐이다. 그러니 '미친 서체'〔광초(狂草)〕에 능했다는 장욱이나 회소, 수학자답게(답지 않게) 혁명에 가담하고 또 터무니없는 결투의 주인공이 되었던, 온갖 궁리 끝에 미쳐버렸다는 갈루아나 가우스가 "글자들이 날아다니는 숲"에 불려 나온 것을 어떻게 우연이라 하겠는가? 그러고 보면, 함기석은 수학을 시에서 최초로 사유했던 로트레아몽의 진정한 후예는 아닌가?

---

2) "이 현상계의 본질의 차원인 공의 입장에서는 물질적 현상도 없고, 감각작용과 지각작용 그리고 의지적 충동과 식별작용도 없느니라."
3) "만약 형상을 통해 나(자기)를 보거나 음성을 통해 나(자기)를 찾는다면 이 사람은 헛된 도를 가질 뿐이니라."

오 엄정한 수학이여, 꿀보다도 감미로운 그대의 정교
한 수업이 내 마음에 상쾌한 물결처럼 스며들어온 이래
로, 나는 그대를 잊어버린 적이 없다. 나는 요람에서부터,
태양보다 더 오래된 그대의 샘에서 목을 축이기를 본능적
으로 열망하였으며, 그대의 입문자들 가운데서 가장 **충실
한 자**인 나는 그대의 장중한 전당의 성스런 안뜰을 여전
히 밟고 있다. 나의 정신에는 모호함이, 연기처럼 두꺼운
어떤 알 수 없는 것이 있었지만, 나는 그대의 제단에 이르
는 층계들을 경건하게 뛰어넘을 수 있었고, 그대는 마치
바람이 호랑나비들을 날려버리듯, 그 어두운 베일을 날려
버렸다. 그 자리에, 그대는 극도의 냉정함과 완벽한 신중
함, 그리고 가차 없는 논리를 가져다놓았다. 몸을 튼튼하
게 해주는 그대의 젖을 빤 덕택에, 나의 지성은 빠르게 발
전되었고, 성실한 사랑으로 그대를 사랑하는 자들에게 그
대가 아낌없이 베푸는 이 황홀한 빛의 한가운데서, 나의
지성은 무한한 규모를 얻었다. 산술! 대수! 기하! 웅장한
삼위일체여! 빛나는 삼각형이여![4]

수학적 발상은 시집 곳곳에 말의 속성과 한데 어우러지
며, 끊임없이 무와 언어의 관계를 조절하는 역할을 감당해
낸다. 따라서 무는 갑작스레 등장한 것이 아니라, 무한과 제

---

4) 로트레아몽, 『말도로로의 노래』, 제 10장 2연.

로가 "아낌없이 베푸는 황홀한 빛의 한가운데서" "극도의
냉정함과 완벽한 신중함, 그리고 가차 없는 논리"로 시에 불
려 나온 이성적 산물일 뿐이다.


### 3. 무한과 제로: 죽음과 무의 절차를 증명할 유일한 개념


　무한에 매료되어 증명 불능의 명제와 패러독스를 만들어
내고는 마음의 병을 앓다 죽은 천재 수학자 칸토르의 이름
을 들어본 적이 있는가. 그는 세상 모든 수의 집합을 하나
의 '전체(ensemble)'로 여긴 다음, 거기에다 1을 더해나가
려고 했을 뿐이다. 수학은 분명한 공리(公理)에서 시작되
며, 이로부터 정리(定理)를 이끌어내어, 결국 명제를 증명
하는 데 바쳐지는 학문이며, 현대 수학의 공리를 흔히 집합
론이라고 말한다. 집합론의 전제는 공집합 Ø, 요컨대 제로
가 존재한다는 사실을 전제하는 데 있다.[5] 아리스토텔레스
도 몰랐다던 제로, 그 제로는 별도의 증명이 필요하지 않지
만, 그렇다고 영원한 패러독스도 아니다. 그 누구도, 심지
어 그 존재를 발견한 에드윈 허블조차 안드로메다 성운에
가본 적이 없으며 앞으로도 그렇지 못할 거라는 이유로 성
운의 존재 자체를 부정할 수는 없는 것이다. 집합 이외의 영
역에서 제로에 해당되는 개념을 상정할 수 있다면, 그것은


5) Alain Badiou, *Le fini et l'infini*, bayard, 2010, p. 22.

죽음이나 무 정도가 된다고 해야 할까? 그렇다. 바로 이것이다. 함기석의 시에 직간접적으로 호출되는 수학자를 한번 꼽아보자. 분수로 나타낼 수 없는 무리수가 셀 수 없는 무한이라는 사실을 증명한 칸토르 외에도, 삼각함수의 생략기호(sin, cos, tan)를 창안한 미적분의 대가 오일러, 연속체의 가설을 증명한(하고자 한) 불완전성의 수학자 괴델, 무한 너머의 진리를 찾아 수학 증명사상 최대의 수라 불리는 스쿠즈 수를 가정했던 리만 등이 있다. 그런데 함기석의 시를 향하는 우리의 물음은 원론적이어야 한다. 이들은(의 사유는) 대체 왜 시에 불려 나온 것일까? 세상에는, 말에는, 공집합이라고 하는 것, 요컨대 제로가 존재한다는 사실을 직접 시에서 실천하기 위해서였던 것은 아닐까? 공집합이 존재한다는 사실에서 언어의 덧없음과 무를 착안하고자 하기 때문은 아닐까? 인간에게는 제로, 즉 죽음이라는 부정할 수 없는 현실이 존재한다는 사실을 무턱대고 삼키는 것만으로 부족했기에, 말의 무, 말과 사유와 의미가 소멸되는 과정, 그 **무한의 절차**를 증명하고자 이들의 사유를 시에 내려놓은 것은 아니었을까?

두 발의 보폭이 무한인
낱말 컴퍼스
우주에 누가 작도한 핏방울 점일까
　　　　　　　　　—「망막에 작도되는 피의 음계」 부분

무한은 결국 제로로 수렴되는 것이다. 이 말을 기억해두자. 함기석에게 현실이란, 아니 시는, 죽음이 엄연히 존재한다는 사실을 바탕으로 현실에서 공리를 만들어내는 수학공식과도 같다. 무한을 사고하고, 그 사고의 구체적인 절차를 언어의 속성에 결부시켜 녹여내고, 세상을 그 주물 안에 담아보고자 하는지도 모른다. 세계는 보는 방법이나 생각하는 방식에 따라 크게도 작게도 존재할 수 있겠지만, 그럼에도 확실한 죽음이 우리를 기다리고 있다는, 저 잔혹한 현실은 부정할 수 없는 것이다. 함기석은 죽음에 이르는, 아무것도 없는 상태에 이르는 과정을 치열하게 고민해야 한다고 생각한다. 그 과정을 드러내고, 죽음을 넘어 무한을 사유할 때, 비로소 진정한 현실주의자가 될 수 있으며, 우리가 리얼리티라고 부를 만한 정직한 세계가 펼쳐질 수 있다고 시인은 믿는 것이다.

    없는 초원에서
    없는 말들이
    없는 갈기를 휘날리며
    없는 꿈길을 달려 내게로 온다
    없는 안장에 나를 태워
    없는 나라로 간다
    없는 나라에 도착해 보니

없는 사람들이 보인다

없는 길들이 보인다

없는 시계들이 걸어다닌다

없는 거울들이 나무들이 걸어다닌다

없는 시인들이 없는 시를 쓴다

없는 화가들이 0차원 그림을 그린다

없는 영화관에선 없는 영화가 상영되고

없는 개들이 없는 담배를 피우며 내게 묻는다

없는 당신!

없는 삶을 끌고 왜 여기까지 왔소?

　　―「없는 나라」 전문

"없는"은 부정의 수식어이지만, 이때 부정되는 차원은 덧셈의 방식이 아니라, "등비수열처럼"(「변이」) 불려 나가는 제곱근의 차원에서 행해진다고 보아야 한다. 따라서 없는(없는(없는(없는(없는(….X)))))으로 구성된, 무한의 영역으로 소위, 의미라고 하는 것이 한없이 뻗어나간다고 이해해야 할 것이다. "없는"(부정)이나 제로를 무언가에 곱한다고 해도 결과는 제로 아닌가? 그런데도 "복제되며 사라지는/무수한 Z가 보인다"(「Z는 사라진다」)고 말한다면, 이상하게 들리지 않겠는가? 제로를 곱해 무한을 손에 얻었다, 대체 이게 말이 되는가. 함기석이 사물과 세계를 명명하며 깨달은 아이러니가 바로 여기에 있다. 앞서 기억하자고 했던 말을 다시 꺼내든다. 수학에서 무한은 결국 제로로 수렴되는 것이다. 이 원리에 근거하면, 분주하게 움직이는 말, 무언가를 지칭하고 호명하는 말, 서로 부대끼며 종국에는 사라져버리는 말들은 그저 사라지는 것이 아니라 무한의 스펙터클("무수히"-"떠다닌다"-"나타난다"-"사라진다"-"허공을 떠도는"-"낱말들", 「Z는 사라진다」)을 뿜어내는 사건일 뿐이다. 뫼비우스의 띠처럼 반복되며 사라지는 말은 "머나먼 미래에서 발사된 탄환"처럼 시공을 초월하는 것이자, "어둠 속으로 무수히 명멸해가는 행성들"(「컬러 킬러의 흑백 사체」)이기도 하다. 업(業)을 다스리는 경찰관 "카르마 폴리스"와 무한집합의 수(칸토르가 제시한 저 "알레프의 수") 사이에서 벌어지는 전쟁과도 같은, 이 쫓고 쫓기는 숨바꼭질에서 함기석은 시의 공간을 제로가 되는 무한이라는 사유의 지평으로 확장시켜나간다. 자신과 언어와 존재와 세계를 완전히 부정하는 제로라는 지극히 일반적인 상식을 기억에서 지워버리고서, 함기석은 바로 이 **무한이기도 한 제로**에서 없애는 행위, 없어지는 과정, 없어질 수밖에 없는 필연, 없어지면서 만나게 되는, 없어지면서 열리는 미지의 세계를 탐구해나가는 것이다. 무한이라는 개념을 수와 문자와 의미와 몸과 환각에 드리워 시적 화두로 삼고서, 백지 위에다가 하나씩 그 양상을 적어 실천하는 놀라운 작업을 함기석은 감행하였다. 여기서 실천이라는 것은 수학적 테제를 시안에 오롯이 녹여내었다는 것이지, 테제만을 기술하는 데에

시가 맹목적으로 봉사하지는 않는다는 뜻이다. 함기석의 시
는 설명에 열중하는 게 아니라, 언어를 "등비수열"처럼 실
험하고 또 실천하기 때문이다.


**첫번째**  말은 무색의 신경마취 가스
　　**해바라기가 두번째**  코로 말을 마신다
　　　　*시간은*  **이발소에서 세번째**  면도를 하고
　　　　　　*빛 속에서* 어떤 말은 **양산을 쓰고** 말한다
　**최초의** 말은  　　*파괴된다!*
　　**거울 속으로 마지막** 말은  　*증발한다!*
　　　　**총을 쏜다 나는**  　　　*내가*
　　　사라지지 않는 세계  **면도 중인 섬**
**나는** 말은  　　　앞으로 뒤로 위로 아래로
　**표류하다 실종되는**  　동시에 사방으로 걷는다
　　　말은 **거울 속의 무인도**
　　　　*세계는* **핏빛 미궁의 바다**
**좌초하는 배** 말의 현실은  　*나를 잡아먹고*
　　**파란 수염을 기른**  　　*어둠 속으로*
　　　불빛을 던지는 **등대**  *출항하는 배*
　　—「고딕 계단을 공격하는 말개미들」 전문


　얼핏 보기에 이 작품은 세 단계로 말의 가능성을 확장시
켜놓은 것 같다. 대문자로 적혀 있는 부분은 사물이 사물을

호출하는 광경 속에 위치한 나를, 소문자 부분은 말이 말을 불러내며 빚어지는 사태를, 밑줄 그은 부분은 빛처럼 사라져가며 세계에 잠식당하는 나의 상태를 기술한 것이다. 문제는 이 세 가지 층위가 서로 간섭하고, 교섭하고, 중첩되면서, 세 겹의 시간, 네 겹의 공간, 다섯 겹의 행위를 만들어내고, 그 이상으로 불어나면서, 무한에 가까운 곳으로 의미를 증폭시킨다는 데 있다. 수학적으로 말하자면, 순열이자 무한해석이며, 제로로 수렴되는 무한은 이렇게 말의 배치만으로도 그 존재의 증명이 가능해진다. 함기석에게 무위라는 것은 수학의 무한에만 국한되는 것도, 무턱대로 쏘아올린 상상력의 결과물도 아니다. 언어의 사건, 언어가 봉착한 사태에서 야기된 무한의 실현 과정이 바로 무위이며, 이렇게 본다면, **없음에 도달하는 과정 전반을 지칭하는 것**이라고 해야 한다. "너를 제거하기 위해 (계속 이어가시오)"(「빨간 돼지를 잡아라」)나 "낱말들은 왜 계속해서 회귀하며 생멸하고 침묵하는가?"라는 물음에서 출발하여 "깊이를 알 수 없는 無 속으로"(「왼손잡이 상상책」) 향하는 저 주어의 자격에, 시와 독자, 의미와 언어를 끌고 오고 끝내 연루시키고 말, 믿을 만한 보증인이 바로 수학의 **제로로 수렴되는 무한**인 것이다. 시에 "피보나치의 달팽이"나, "시어핀스키 삼각형"(「변이」), "멩거스펀지"(「고고는 고고고 다다는 다다다」)의 원리가 등장하는 까닭도 여기에 있다.

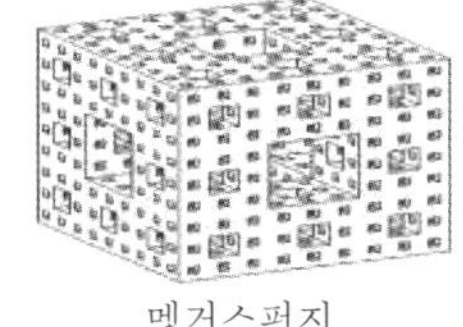

시어핀스키 삼각형                    멩거스펀지

　우선 정삼각형 하나를 그려보자. 이어 세 변의 1/2 지점을 서로 연결하면 큰 삼각형 안에 총 네 개의 작은 삼각형이 생겨나는데, 여기서, 가운데 작은 삼각형을 잘라낸다. 남은 세 개의 삼각형에도 동일한 작업을 되풀이한다. 이 과정을 반복한다. 이번에는 정사각형 큐브 하나를 9등분하여 그 가운데를 비워내보자. 반복하면 넓이는 0이지만 그 둘레는 무한에 이르게 되는, 그럼에도 눈앞에 존재하는(존재한다고 가정해야만 하는) 형태가 당신 앞에 주어질 것이다.[6] 〈큐브〉라는 영화를 보았는가? 당신은 그 차가운 공간 안을 헤매는 악몽을 꾸어보았을 것이다. 함기석의 시에는 그러나 〈큐브〉에서처럼 17,576개의 살인미로만이 존재하는 것은 아니다. 존재하는 형태에서 무한이자 제로의 상태에 이르는 이 프랙털(fractal) 도형의 원리가 환각이나 절망과 고스란히 결부되어 시에서 유령처럼 떠돌아다닌다. 『변신』의 그레고르처럼 "벌레"가 되어, 살로메를 사랑했던 "릴케"의 무덤가를 배회하면서, 일정한 수를 곱하여 얻어지는 "등비수열"의 원

────────────

6) 아르망 에르스코비치, 『수학 먹는 달팽이』, 문선영 옮김, 까치, 2000, pp. 26~60을 참조할 것.

리로 저 무한에 가닿기라도 하겠다는 듯, 말과 인간과 세계에 제 상상력을 **제곱**해나가면서, 함기석은 "삼각형의 내부에 증식하는 삼각형의 내부"(「변이」)에서 벌어지는 사태를 하나씩 시에 새겨 넣는다. 세상과 나, 타자가 "녹아 없어"질 때까지, "대칭을 이루며 흥건해"질 때까지, "책장의 비유클리드기하학 책을 꺼내" 참조하면서, "수평비"에 흠뻑 젖고 "팔면체"가 되어, 세계가, 사물들이, 사랑하는 여인이, 하나씩 하나씩 지워져, "얼굴 없는 문자"가 되어 갈 때까지. 무한으로 제로에 도달할 때까지.

　숲에선 해독될 수 없는 돌과 물과 나무 들의 울음이 계속 들려왔다 숲 지붕 위로 묘비들이 떠다녔고 죽은 자들의 혼백이 땅에서 나와 얼굴 없는 문자가 되고 있었다 달이 열두 조각으로 쪼개져 지상으로 떨어지던 밤이었다 검은 숲이 한 장 한 장 바람에 펄럭이며 찢어지고 있었다
　—「변이」 부분

　함기석은, 애초에 없었던 것, 없다고 말해온 것, 언어나 문자로는 가닿을 수 없는 그런 것들이 왜 존재하며, 어떤 것인지를 궁금해하고, 그 궁금증을 파고들어, 새로운 시적 세계를 개척해내었다. 무언가 발견하여 적어내면, 또다시 사라지고 없는 것을 발견한다. 발견한다는 행위가 다시 지워지는 것을 발견한다. 발견한다는 행위가 지워지는 것을 발견

한 그 사실조차 글자로 발화되고 나면 다시 지워진다는 사실을 발견한다. 그렇다, 바로 무한수렴이다. 끝이 없는 무한의 행렬, 문자와 세상과 수의 조합으로 끊임없이 재현되는 세계에서, 나는 매한가지로, 끊임없이, 저 문자, 수, 환각에게 점령당할 수밖에 없는 운명이다. 그렇기에 함기석에게 세상은 **무한을 전제로 하여 무한히 지워지는**, 지금 당장이라도 사라져갈 환상과 소멸의 연속이지만, 여기에 의미를 찾기 위한 몸부림이 배제되는 것은 아니다. 상황은 어쩌면 전도되어 있다.

4. 문자와 문자의 소멸 과정과 새기는 행위

함기석은 기술하지 않는다. 그에게 문자는, '읽힐 수 있는 것(lisible)'이기 이전에 '새겨야 하는 것(scriptible)', 혹은 새겨넣는 주체이기 때문이다. 제로를 전제하는 무한, 즉, 없으면서도 있는 상태에서, 어떻게 시를 기술한다고 말할 수 있겠는가?

**들어간다**　문장은 자신의 음과 혼으로 제 몸에 세계를 새긴다
　　　인간과 불과 얼음 사이에서 표류하는 낱말들……　***비상구에서***
**흰 구름이**　파열한다 〈파열한다〉가……서술되(지 않아)도
　　　이 증발하는 하나의 행은　　　　***피살된 여자의 눈으로***
**나온다**　안개가 되어 안개를 뜯어먹는 들개가 되어

**검은 허공** *이 광기의 이 암흑의 우주로 미아가 되어 실종된다*
—「*타임 호텔의 지그재그* 25층엔 25시, 복도를 따라
*하이힐 소리 걸어간다 계단을 오르는 콜걸 나온다*」 부분

함기석은 애당초 사물을 지향하는 시를 쓴 것이 아니라,
시에서 사물을 제거하거나 사물에 배어 있는 기존의 의미
를 탈색하는 데 몰두해왔고, 그 과정에서 언어를 만나게 되
었다. 언어의 황홀한 저 미지의 세계와 조우하기 위해 그간
언어에 가해진 불편부당한 편견과 맞서 싸웠으며, 이유 없
이 감당해야 했던 통념의 억압과 폭력에 반발하였고, 언어
에게 오롯이 주인의 자격을 부여해 맘껏 시에서 뛰어놀게
하는 작업에 전념해왔다. 그러나 이 작업은 언어에 전폭적
인 신뢰를 부여했지만 한편으로, 언어와 사유, 세계와 언어
사이에 지속적으로 발생하는 틈새를 찾아낸 원인도 되었다
고 해야 한다. 바로 그 틈새, 언어만으로는 감당해낼 수 없
는 이 세계의 어떤 결핍, 바로 그 불완전성을, 수를 관장하
는 다양한 논리들을 그러모아 보충해내면서, 함기석은 끊임
없이 괄호를 만들어내는 시, 이 괄호의 틈새로 파고들어 무
언가를 새겨넣는 시를 실험해나간다. 이렇게 "*자신의 음과 혼으*
*로 제 몸에 세계를 새긴다*"는 함기석의 시에서 이미 하나의 명제이
다. "*서술되(지 않아)도*"의 긍정과 부정의 사이에 벌어진 틈으
로 파고들어 무언가를 새기고자 시도한다. 수천 개의 의미

망을 좁혀나가며 하나의 단단한 출구를 발견하는 대신, 함
기석은 언어가 "증발하는 하나의 행" 안으로 직접 **"들어간다"** 그
곳에서 "검은 글자族 전사들"과 "ＡＥＩＯＵ 머리가 다섯 달
린 늑대" "굶주린 글자들"(「글자族이 사는 무인도」)이 지배
하는 세계를 만나고, 내가 말을 기술하는 대신, 글자가 나를
새겨나가는 세계를 체험해나간다. "예기치 못한 문장이 하
나 우연히 태어"(「행위 4」)나는 과정을 드러내기 위해, 함
기석은 단지 쓴다는 행위의 주인을 바꾸어놓았을 뿐이다.

> 글자들이 신나게 권총을 쏜다
> 글자들이 신나게 권총을 쏘며 빌딩 숲을 달린다
> 사람들이 도주한다
> 나무들이 도주한다
> 빌딩들이 도주한다
> 아이는 울면서 옥상에서 사살된 비를 부른다
> 태양의 눈빛은 철사가 되어 아이의 눈에 박히고
> 나는 공중으로 정오는 땅으로 빠르게 휘발된다
> ─「탈옥수들」 부분

　해방된 글자들의 축제 속에서 그러나 세계는 차츰 지워지
고 종국에는 사라질 것이다. 글자들이 주인이 되어 "쏜다"
와 "달린다"와 "날려버린다"는 행위를 감행하는 순간, 세계
는 "피를 흘린다" "뚫린다" "오른다" "사살된다"의 대상이

되어, "도주"하기 시작하고, 결국 "휘발"될 수밖에 없기 때문이다. 창문을 열고 어딘가를 멍하니 보며 '하늘'이라고 한 번 말해보라. 그러면 내가 명명한 '하늘'이 막 빠져나가는 시간에 이르게 될 것이다. 잠시 후 '하늘' 외의 공간이 다시 눈에 들어오게 될 것이다. 그러나 이 공간을 '허공'이라고 해보아도 마찬가지이다. 결국 내가 본 것, 내 시야에 포착된 것은, 명명하는 순간 잠시 고정되었다가 이내 사라지고 말 것이기 때문이다. 말이란 오로지 순간의 화행(話行) 상태로 주어질 뿐 대상을 고정시키지 못하며, 오히려 대상 위를 날렵하게 미끄러지는 운동일 뿐이기 때문이다. 시를 쓰는 순간순간 적나라하게 펼쳐지는 이 언어의 운동성을 달리는 말[馬, 語]에 빗대어, 소멸로 귀결되는 말의 운동성과 끝간 지점에서 다시 착수해야만 하는 언어의 저 운명을, 우리는 "비명없이 무너져내"(「직선 트랙을 달리는 다섯 마리 경주 말」)리는 과정이라고 불러야 하는 것일까. "사라지는 말의 얼룩과 살점들", "말을 강탈해 말의 심장과 내장"과 "말의 뼈를 부수어 깨끗이 먹어치"(「아프리카」)우는 행위를, 접속사("그러나" "그리고" "그런데" "그리하여")의 속성을 활용하여 말[馬, 語]의 삶과 죽음에다가 비유해놓은 것도, 그 말의 소멸 과정을 드러내기 위해서다. 함기석은 이렇게 사라져가는 말, 남겨지는 빈 곳을 표상하는 곳에서 장렬하고 처절하게 산화하는 말의 운명을 목전에 두고 애처로워하는 대신, 그 절차를 시에 새겨넣으려고 시도한다. 무로 향하는, 무로 환원되는 말의 경로를 새기는 작업을 놓치면 우리는 출구가 봉쇄되어버린 미로에 갇혀 엄벙거리며 소멸만을 손에 쥐고 만다.

5. 의미에서 무위로

온전히 음성만으로 이데올로기를 타개해나갈 기제를 고안할 수 있는가? 큰 글자는 크게, 작은 글자는 작게, 행갈이의 휴지를 준수하고 ~에 가락을 붙여가며 그저 큰 소리로 따라 읽기만 해도 그것으로 충분한 시가 있다. 어떤 결과를 얻었는가? "두두둥두두둥두두둥~"에서 시작되었지만 "도둑" "똥" "땅" "여당" "얼렁뚱땅"(「북치는 아이들」)이 반복되며 귀에서 맴돌지 않는가? 비판은 아니다. 오히려 교살이다. 예고 없이 적진으로 돌파하는 병사가 단숨에 적장의 목을 베어내듯, 관념-사유-정치의 기재를 오로지 분절어와 그 가락, 그것의 배열에 따라 요리조리 끌고 다니다며, 서서히 목을 조르고, 결국에는 절멸시키고 만다. 아래와 같이

탕 탕 탕 탕 탕 탕 탕 탕 탕!
—같은 시

함기석의 시에서 무위는 이데올로기에 대한 비판과 동떨어져 있거나 그것을 저버리는 것은 아니다. 적극적으로 들

추어내고, 해체하며, 결국 사살한다고 보아야 한다. 무로 이르는 일체의 행위와 그 과정의 검증에 있어서, 해체와 비판이 개입되지 않는 것은 아니기 때문이다. 無爲는 이런 의미에서, 아무것도 정립하지 않는다는 無位, 그 과정을 어루만져 위로한다는 撫慰, 언어와 수의 운명을 벗어날 수 없다는 無違이기도 하다.

무위는 "흘러내리는 이 無無의 책"(「뒤집힌 눈/곡, 음악광 C의 소장품 3점이 발생시키는 트라이앵글 렌즈」)에서 자양분을 얻어내고, "妙有가 지느러미를 흔들자/ 원을 그리며 웃는 물"(「수면에 비치는 소리聲나무—事物과 死物과 眞空」)에 제 형상이 없는 얼굴을 비추어보며, "我를無곁으로옮기고相을죽음死쪽으로〔……〕 내我가사라진빈자리로말들을부르고말이사라진자리에허공을드리운"(「만다라미궁」) 행위의 무한한 결과인 것이다. 사물에서 "死物"로, "眞空"으로 이르는 길을 탐구하기 위해, "진공묘유(眞空妙有)"의 세계에 이르기 위해 함기석은 그렇게도 애를 태웠던가? 문자에서, 말에서, 언어에서 기존의 통념을 제거하기 위해 무한의 과정을 펼쳐내며, 제로 상태의 비어 있는 공간에 차고 들어앉은 진리에 이르고자 할 때 함기석의 시는 무위의 시학의 저 완성을 목전에 둔다. 텅 비어서 아무것도 없는 것 같지만, 묘하게도 존재하는 것이 있다는 "眞空"과, '있지 않음의 있음'을 말하는 "妙有"에 도달하는 방식을 함기석은 시에서 누구보다도 독창적인 방식으로 고안해내었다. 나를 비워낸 "無我"의 지경에 이르기 위해 그렇게나 감각에 혹독한 시련을 겪게 하였던 것이며, 언어의 권력을 붕괴하면서 무한을 붙잡으려 했던 것일까? "언제나 같은 우주에 있고/ 영겁 속에서 만물은 모두 평등하게 소멸"한다는 저 만고불변의 원리를 시에서 구현해내기 위해, 그토록 애절하게 "being"(「벽에 비친 그림자 악사 빙―없는 여자 Ø (phi)의 목소리」)을, 아니, 당신을 위해 색소폰을 연주했다는 말인가? 무한이자 제로인 상태, 없지만 있는 상태, 비워냈지만 그 형태를 유지한 채 존재하는 상태, 바로 아래와 같은.

―「북소리」부분

6. 다시 〔詩作과 始作과 試作〕을 위하여

단일한 곳으로 수렴되는 의미를 부정하고, 무한을 사유하며, 함기석은 우주와 시간과 인간과 사물로 구성된 거대한 세계 앞에서 놀람을 감추지 못하였고, 침묵으로 일관될 수밖에 없는 장엄한 광경과 무의식의 세계로부터 무한과 공허와 없음을 끌어내 그 과정을 시에 펼쳐놓았다. 이 침묵과 무의식의 세계 안에서 들끓고 있는 것은 무의미나 제거된 의미가 아니라, 의미를 지워내는 처절한 과정에 대한 엄중한 기술과 오로지 그 과정을 끝까지 쫓아간 자에게만 주어지는 인식의 성취라는 저 빛나는 휘장이다. 바로 이때 시인은 사물과 대상이 꾸는 환상과 그 가능성을 목격할 자격을 갖춘 자가 되는 것이며, 무한의 세계로 진입하여 현재에 아직 펼쳐지지 않은 미지의 세계를, 지금-여기에서 호흡하게 하고 영위하게 만드는 주인이 되는 것이다. 함기석은 이렇게 사물의 눈을 빌리거나 대상의 고유한 질서 속으로 파고드는 낯선 언어의 파동에 귀를 기울이며, 우리가 살고 있는 사회의, 우리 의식의 기저에 연동된 착각이나 믿음의, 우주와 세계와 인간에 덧씌워진 이데올로기를 하나씩 지워나간다. 그의 작업에 비판적 성찰이 배제되어 있다고 생각하면, 함기석의 시는 제 가치를 잃는다. 언어의 생리에 대한 근본적인 인식과 각성을 통해 가식과 이데올로기를 지워내지 않고서는 무위의 시학이 성립할 수 없다는 사실을 함기석은 잘 알고 있기 때문이다. 함기석은 말의 탄생과 성장과 소멸과 침묵에 이르기까지의 과정을 수학적으로 되감아내면서 우주를 구성하는 외부의 강압과 통념을 뒤흔들 수 있는, 인간과 우주 사이의 견고한 유추의 건축물을 일시에 붕괴할 수 있는 그런 시를, 우리에게 보여주었다. 따라서 말의 죽음, 사물의 죽음, 관념의 죽음, 인간의 죽음, 세계의 죽음, 우주의 죽음, 아니 이 모든 것의 소멸은 오로지 소멸의 과정에 대한 근본적인 규명을 통해서만 제로가 아니라 무한을 만나게 될 뿐이다. 핵심은 항상, 과정을 사유하고, 과정을 적시하고, 과정에 초점을 두고서 끈질기게 인식의 투쟁을 전개해나가는 데 있다.

끝났다        시간의 왼손은 자신의 음부를 가린 오른손을 자른다
로 시작되어 시작된다       언어의 처형지에서 언어가 시작된다
로 끝나는 시작에 종이가 놓여 있다       사각형 뱀이 되어
이것은 백지다       時空을 잡아먹는 백 개의 혀가 달린 파충류
라고 쓰면 사라지는 백지       그것은 독을 품고 있다
당신의 시작을 위한 無의 백지인 것이다       벼랑 끝에서
시작을 시작하라       벼랑 아래로 비상하는 백색 까마귀들

시작을 시작하지 않으면 시작은 영원히       시작될 폐허
미완으로 남는다       死角의 링 아래 어둠 속에서 누가 우는가
시작은 3연으로 되어 있다       그것은 천상과 지상과 침묵이다
2연에 따라 완전히 바뀌게 될       생의 아픈 여백 속으로
나의 시작은       시작 전후와 함께 소멸하고 흑백 꽃비가 내린다
당신의 시작에 의해 이제       최초의 문장이 세계가 호흡이
시작된다
—「시작」 전문

반복한다. 함기석의 작품에서 〔시작은 〔詩作이며 〔始作하는 〔동시에 〔試作으로 〔이어진다〕〕〕〕〕〕. 괄호는 무한으로 늘어날 것이다. 오로지 "언어의 처형지에서 언어가 시작"될 뿐이기 때문이다. 언어의 극한, 언어가 성취할 수 있는 최대치의 가능성을 한껏 밀어붙여, 언어와 비언어의 경계를 무너뜨리고, 그 무한의 영역마저 파고들어 언어의 깃발을 꽂아놓을 때, 비로소 늘 생성 중인 상태의 시적 언어의 모험이 착수될 수 있는 것이다. 시작을 시작하라. 간단한 수칙에도 뭔가 간단치 않은 문제들이 항상 숨어 있다. 살아 움직이는 작동 속에서 지속적인 붕괴와 합성이 반복되는 일종의 회전목마와 같은 전경들이 시에 빼곡히 채워진다. 삶의, 세계의, 우주의 공백들을 채워가면서, 공백을 만들기 위해 삶에, 세계에, 우주에 덧씌워진 관념들을 하나씩 탈색해내면서 그는 힘겹게 무위의 세계를 향해 발걸음을 옮긴다.

　사방이 어룽지고 있다. 세계가 휩싸이고 있다. 기술한 이후에 가뭇없이 사라져버리는 말의 취약함과 위험성이 저편에서 경종처럼 울려 퍼진다. 의미가 해체되고 있다. 무한을 향한 그의 마음에 우주가 하나씩 지워지며 제로로 수렴되고 있다. 고통스럽게, 허물을 벗고, 감추어져 있던 현실의 뼈대가 서서히 모습을 나타낸다. 불편하고, 불안한 확신으로 밝혀질 인식의 횃불을 쥐고서, 그런데도 세계를 책임질 거라고 말하는 시인을 당신은 본적이 있는가. 모험의 대가를 고통으로 지불하며 함기석은 항상 시의 최전선에 있었다. 그가 토해놓은 아픔과 고통은 그러나 그의 것만은 아니다. 시를 쓰고 있는 그가 당신이고 당신이 그라고 한다면, 아니, 에셔(Escher)의 그림처럼 왼손이 오른손을 그리는 것인지 오른손이 왼손을 그리는 것인지, 시작이 끝과 물리고 끝이 다시 시작과 맞물리는 것이라고, 나 안에 타자가, 타자 안에 내가 있는 것이라면, 당신은 뭐라고 말할 것인가? 무한이라는 사유가 끝없이 뻗어나가는 것이 아니라, 제자리로 돌아오고 또다시 출발하는 것이라면 말이다. 그런데도, 이 모든 게 당신과는 상관없이 홀로 가는 고유명사라고?

0시 방향으로 걸음을 옮겨 창을 찾아보시오 창은 말의 동공처럼 어둡게 깨져 있소 거기 서서 0시의 왼쪽 세계를 바라보시오 밤의 잿빛 도시가 보이오? 도시의 강변 저편에 빌딩들이 보이고 아파트 단지가 보일 게요 불 켜진 방이 하나 보일 게요 시를 읽고 있는 사람이 보일 게요 누군지 아시겠소? 아픈 방을 읽고 있는 바로 당신이오
　　—「아픈 방」 부분

시를 읽고 있는 사람과 시를 쓰는 주체가 서로 무한의 상호적인 고리로 연결될 뿐이다. 누구나 자신의 내면에 "아픈 방"을 품고 있는 것이다. 이 "아픈 방"이 시를 쓰게 하는 힘이며, 우리 모두가 내면에 간직하고 있는 '시적 주체', 즉 역사 속에서 시를 고안하고 생성해내는 동력이다.

**함기석**  1966년 충북 청주에서 태어나 한양대학교 수학
과를 졸업했다. 1992년 『작가세계』로 등단했으며, 시집
『힐베르트 고양이 제로』『뽈랑공원』『착란의 돌』『국어
선생은 달팽이』, 동시집 『아무래도 수상해』『숫자벌레』,
동화집 『상상력학교』『코도둑 비밀탐정대』『야호 수학이
좋아졌다』『황금비 수학동화』, 시산문집 『고독한 대화』
등을 출간했다. 이형기문학상, 애지문학상, 박인환문학
상, 눈높이아동문학상을 수상했다.

문학동네시인선 022

**오렌지 기하학**

ⓒ 함기석 2012

1판 1쇄 2012년 6월 30일
1판 4쇄 2025년 3월 20일

지은이 | 함기석
책임편집 | 김필균
편집 | 김민정 강윤정
디자인 | 수류산방(樹流山房) 본문 디자인 | 유현아
저작권 | 박지영 형소진 오서영
마케팅 | 정민호 서지화 한민아 이민경 왕지경 정유진 정경주 김수인 김혜원
　　　　 김예진 나현후 이서진
브랜딩 | 함유지 박민재 이송이 김희숙 박다솔 조다현 김하연 이준희
제작 | 강신은 김동욱 이순호 제작처 | 영신사

펴낸곳 | (주)문학동네
펴낸이 | 김소영
주소 | 10881 경기도 파주시 회동길 210
전자우편 | editor@munhak.com
대표전화 | 031) 955-8888 팩스 | 031) 955-8855
문학동네카페 | http://cafe.naver.com/mhdn
인스타그램 | @munhakdongne 트위터 | @munhakdongne
북클럽문학동네 | http://bookclubmunhak.com

ISBN 978-89-546-1836-6 03810

* 이 책의 판권은 지은이와 문학동네에 있습니다. 이 책 내용의 전부 또는 일부를 재사용
　하려면 반드시 양측의 서면 동의를 받아야 합니다.
* 이 시집은 2010년 서울문화재단 문학창작활성화지원금을 수혜하였습니다.

잘못된 책은 구입하신 서점에서 교환해드립니다.
기타 교환 문의: 031) 955-2661, 3580

www.munhak.com

**문학동네**